为你而歌

柳泉 著

中国戏剧出版社
CHINA THEATRE PRESS

图书在版编目（CIP）数据

为你而歌 / 柳泉著 . -- 北京 : 中国戏剧出版社，

2025. 4. -- ISBN 978-7-104-05643-0

Ⅰ . I227

中国国家版本馆 CIP 数据核字第 2025N86Z34 号

为你而歌

责任编辑：赵宇欣
责任印制：冯志强

出版发行：中国戏剧出版社
出 版 人：樊国宾
社　　址：北京市西城区天宁寺前街 2 号国家音乐产业基地 L 座
邮　　编：100055
网　　址：www.theatrebook.cn
电　　话：010-63385980（总编室）　010-63381560（发行部）
传　　真：010-63381560

读者服务：010-63381560
邮购地址：北京市西城区天宁寺前街 2 号国家音乐产业基地 L 座

印　　刷：三河市龙大印装有限公司
开　　本：710mm × 1000mm　1/16
印　　张：14.75
字　　数：155 千字
版　　次：2025 年 4 月　北京第 1 版第 1 次印刷
书　　号：ISBN　978-7-104-05643-0
定　　价：98.00 元

目 录
CONTENTS

第六篇　相　思

第七篇　初　恋

第八篇　热　恋

第九篇 相 爱

为你而歌

终于找到了你
一个能激活我灵魂的人
渴求着你的辛苦
共鸣着你的兴趣
你注入我灵魂深处的全是深刻和激流
你不知道你是电吗
你是正极我是负极
吸醒了沉睡多年的灵魂
荒芜的心田等待你去开垦
闪电般揭开矜持的面纱
洒向我浑身的不是风雨是阳光
我离不开阳光
阳光就是你
生命离开阳光就会枯萎
我离开你会枯竭
我像一只羔羊
依偎在你怀里永远都不愿长大
伸出的大手就不愿停留

幸福不是遥远
幸福就在你这里
幸福并不神秘却很神圣
至真至情的人会用心呵护
你的柔情在呼唤着
我如水一般
淌过花蕊漫过寸草流进家园
等待欢奔的鲛鱼回归本属于自己的家
鱼儿贪婪着水依恋着花
水请鱼儿耐心等待
无论多久水会为鱼儿停留
水知道鱼儿离不开水
水本应为鱼儿清澈
没有鱼儿的水一直在等待
鱼儿没有进入水中却闯进了泪中

为何相思会湿润
想你时眼是湿的心是潮的
整个人湿漉漉的
杜撰着漫无边际
编织着胡思乱想
演绎着神魂颠倒
回味着一个个湿漉漉的神话
梦游着生活
饭菜不是无盐就是多盐
蒸馍成了烤馍
迟迟等待水蒸气的出现
热水泼在脚上
刺脚的灼痛
提醒自己心已丢了

心被你盗去了
口是心非骂你
快把心还给我
丢失的心不愿回家
原来你拿我心去量尺寸
终于明白相思豆为何而红
只因相思是湿热
据说受伤的眼泪是涩的会使眼睛失明
我相思的眼泪是甜的
你不会把它变涩吧

无数次的相拥为何减少不了我对你的思念
本以为再次的相拥能减少彼此思念的热度
却鬼使神差般再次加剧变浓
心甘情愿受折磨
不受煎熬的心多么空洞
没有被丈量的心是廉价的
心原来是有尺码有厚度的
心的大小只能容纳下那个适宜的人
上天依照我心的码数
裁剪出一个你赐予我
所以我们没有擦肩而过
天真的笑靥在我心上刻下深深烙印
诙谐的话语弹拨感应的心弦
不是巧合是天意
天意难违
我们又怎能辜负上天的美愿
我憧憬着你给我带来奇迹
奇迹人生壮丽美好
十指紧扣默契心交

每天有礼物送给你
每天都拥有激情
天真的笑靥不只是我的专利
深情的话语绵绵流长

我的爱很深很沉
没有分量的心无资格承受
不会压得你喘不过气吧
你累吗我烦吗
我无力自拔
你游刃有余
甜蜜的幸福缀着淡淡忧伤
我不可能与你的羽毛共同丰满
失望否
我只有一颗痴痴傻傻的心
被你忽紧忽慢荡着
七零八落云舞着
别人的风筝是纸做的
你的风筝是我心做的
你手中的风筝会被风吹碎吗
你把风筝牵向何方
做你的风筝真好
有一个人想真好
有一个你
我贫穷又富有
此生因你而嫣
一心为你而歌

第一篇

姻　缘

踌躇一梦

我用力挣扎
挣扎不开我自己
泪水与眼皮挣扎着努力不汹涌
害怕在你面前
暴露莫名其妙的泪水
纷扰你的莫名其妙
移开你的温暖
试试探探生气
心莫可名状冷冷落落
你把我挂在半空的热情冰冻在悬崖峭壁
幸福此起彼伏着悲伤
幸福凄凄惨惨半路冒出悲伤
你温柔的余温是冷淡
幸福怎能不走向悲伤
痛苦深刻成绝望
绝望给了我力量
因你很容易绝望很喜欢绝望

没有绝望的我有很多不舍
有了绝望的我有了潇洒
冷静到极点理智到极点
走向绝望的暗礁
有勇气逃离生活
离开我自己不再需要你
离开你不再是借口
离不开我自己才是真正理由
绝望南柯一梦
来也匆匆去也匆匆

没有什么特殊才华
给不了你特别吸引
只有一颗孤傲的心
痴痴为自己执着
惹得你为我痴痴片刻片时
让我的悲伤装扮你的幸福
不该招惹你的痴痴为何
只有我的泪水才能唤起你的在意
只有我的收敛才能唤起你的痴狂
为你内心深深的强烈蠢蠢欲动
激动得不择手段狂吻狂抱胡言乱语
丢失女人味道抛弃魅力割舍风度
惹得你不理不睬躲躲闪闪
我强烈你冷淡我冷淡你强烈
冷冷热热中勉勉强强
痴痴醉醉缠缠绵绵
由衷地笑换来你的戛然而止

你给我的笑热也匆匆冷也匆匆
点燃我对你的欲望
欲望堆成火山
怂恿我一见你就激动浇灭你的欲望
你精打细算的欲望随起随灭
对我潦潦草草简约仓促
蜻蜓点水点到为止
礼貌接触纯属经过
无情燃起我的欲望
有意灼伤我的欲望
狂热无助
我纠结在明明白白中
欲望病病恹恹
你徜徉在我欲望的池塘
不放鱼儿只撒盐
盐水越喝越渴
欲望满足不了却更加渴望
难耐却无奈恨也冲动爱也冲动

只确信你比我重要
不确定我在你心里有几分几两
想得到你的一诺千金
又不想丢失自己的分量
本来明明白白的我
痛痛快快的你
在一起迷迷离离
在一起红尘一梦踌躇黎明

缘分

只知道你的姓
没有问过你的名
几年后突然想起
你与我的他一个姓
曾发誓不嫁此姓
嫁的时候忘得一干二净
想起时已无关紧要了
家庭背景相似天意如此

不打算记起你
可他爱用你开我的玩笑
如果没有我的另一半提前出现
很可能我们休戚相关共同生活了
对你模糊又模糊
三四次几分钟见面
不习惯你的言谈
对你廖廖数语

面对高大的你自己很压抑
娇小的我自然而然渺小的不自在
你好像一个屏障屏蔽了我的心
对与你一样高大的他
从来没有如此不适不快
和你站在一起别别扭扭很不舒服

你通知我与你近日订婚
我害怕了
对你很模糊
说不上喜欢不喜欢
感觉还没出现
真的没什么感觉
不想与你闪婚
面临选择已不能放下他
我们之间自然舒适
只因他比你先到几日

我跑去找他征求意见
他无语也没表任何态
只默默听任我的意愿
我决定带他一起回绝你
当然是通过介绍人
不知伤没伤到你
因你因他因我冒犯了父母
忽视了父母他们对此一无所知

逼得父母无语无奈女儿的婚姻
无奈铁一般的现实
遗憾的是我好像不关他的事
看不透他内心有无波澜
没有他的口头允诺心甘情愿
没有征求任何人的任何意见
干脆得不能再干脆了
闪电般选择人生选择了他
其实是你推波助澜
选择让我明白了自己的心

没有想象过和你在一起的生活情景
不想做饭时偶尔闪过模糊的你
因为你是厨师知道我不会做饭
承诺要为我做饭
担心你上班我怎么办
这是我对你唯一的记忆也是全部记忆
面对你唯一真挚的关爱
我淡淡一笑而过
如果我喜欢做饭估计就把你忘得一干二净了
不会做饭的丈夫对我的饭菜很挑剔
白头发在长可人怎么也长不大
小孩子般挑食无可奈何
神往会做饭的男子汉了
饭都肯为心爱的女人做
其他事也会为心爱的女人做

经验之谈不是无稽之谈
经验不认识缘分
感觉比缘分重要
缘分能不能继续下去
只有微妙的感觉知道

不好意思

橘黄灯光下斜倚着
斯斯文文不声不响
直觉告诉我是你
白白的小小的眼
是我想象中的模样
请坐不坐吃饭不吃
一直嚷嚷不好意思
我该回家了天黑了
不塑造形象唐突着
不好意思完全占据我
忽视了你你不说话
目光追随我心里不知掂量啥
不好意思自言自语
第一次自己一个人无准备相亲
冒犯了你尴尬了我
懊悔不该来
直觉应该来

你送我回家黑灯瞎火
路不平不出声响拽了我一把
路平了不咸不淡的谈话开始了
你的名字不用记已忘不了
两个人的世界一下拉近了距离
生疏顿时烟消云散
月儿亮起来了星星亮起来了
心情愉悦了一直一直徜徉月色间
不好意思只好回家了
你一个人折回头重复走
回去的路是否比来时的路短

没有约定你出现在大门口
躲躲闪闪吐着舌羞涩笑
我比你笑得灿烂
脸不白眼不小
一夜之间你面目全非
怀疑不是你可声音是你
你怎么变成另一个你
五官是雕刻般有棱有角
非常非常像我的亲侄女
我的情怀释放着亲切
惊讶不奇怪只笑不说话
忸怩中请我去你家
我带了闺蜜

满眼的石头墙大窟窿大部分涂着泥巴
门前一棵小杏树一只黄狗摇尾欢迎
狗不吠自家人
现实中不曾见过
新奇着梦幻着
不相信自己会与小杏树老黄狗一起生活
不好意思描绘何况又不整洁
不好意思仅在一年后
我就成了小杏树老黄狗的女主人
恍惚中同伴问我相对否
我摇头不知道
不是不好意思是真的不知道
你比我窘窘得默默无语
你大概为此比我万般的不好意思

你与众不同
一来就找我马上带我走
我一反常态用不着顾虑马上跟你走
没有甜言蜜语更无海誓山盟
我的花前月下用不着风花雪月来陪衬
无色无味仓仓促促
相互话不多含情不脉脉
不必多了解不用相适应
爱人本来是最亲的亲人
不好意思有点不好意思
难道爱情就是少说话多行动

行动大于一切
与你在一起的大部分时间都被你的行动占有
不好意思看着你
看不出你的不好意思
看不出你的激动
看不出你的多情
你迫不及待自然而然又熟悉又笨拙
似喜非喜似狂非狂
我没有心跳加速没有不好意思
你太突然我没有准备地接受
来者不拒受之有惑
期待浪漫期望过程
轻而易举被你走了捷径
没有求爱就有了爱的表示
没有特许就成了自然
我无力扭转乾坤
局势被你掌控

面对真实

不经意的话没想到伤害了你
不该用嘴不用心
说完了忘完了
完全没有顾及你
已和你不分彼此了
把你理所当然当作了我自己了
想对你为所欲为无话不说完全放开了
一味沉迷在你给我的美好感觉了
享受过了头我大脑发热不正常了

感觉你有能力赋予幸福
找不到合适的
太可惜了
不完整的一次是不够的
会遗憾美中不足
你力不从心
我马上意识到我们之间不合适

没有一点默契
不知何时根本走不到一个点上
我进你退我守你攻
我热你冷我冷你热
面对时尴尬了热烈
两个人心猿意马
该急的人不急不该急的人乱急
刺激不了虚拟的刺激
热烈吓跑了渴望
石呆了木呆了面红耳赤

冲动的事却冲动不起来
冷静得出奇
不容易的容易了
不简单的简单了
渴求在渴望中燃烧
在不经意无能为力中熄灭
不应期待代替应有期待
期待在期待中期待
委屈巴巴在最不应该委屈中委屈
平静在不该平静中出奇平静
与其说言行不一还不如说感觉不到位
彼此冷淡着凝固着空气
机缘一晃而过
一过可能再不回头
只留下了回味无穷

面对枉然不知所措
任由机会错失下去
你大大的眼睛睁得大大的
嘴笑得大大的
不言不语不急不慢判若两人
不能平静突然平静了
粗糙的热情吓跑了体面的热情
被动等待主动
任性也可冷淡冷落
紧紧死死抓住机会
紧得不自在无法适应

爱是忘我的不顾一切的
我们却没有忘记自己完全放不下自己
没有忘情不可能不顾一切疯狂爱
我不要你偏要
我不行你偏行
完全征服我慑服我
不怪你
我不是你的最爱
你只能理智冷静
不可能疯狂不羁无牵无挂
你放不开
矛盾认真的
彼此真实面对却冷酷了现实
爱很奇妙

对方的一个小动作能迅速点燃爱焰迅速亲密无间
对方不经意的一句话又能毁灭对方让对方心碎
置对方于死地且怀疑爱情
你同样震撼不了我
我放手了轻松了不会生气了
过去的美好无法复制
你不用面对我的纠结了
不要相互折磨更不能受伤
尊重真实面对真实

还有许多话对你说

无数次警告自己不能冲动
警告自己忘了你和你的电话号码
忘不了越想忘越忘不了
执着在虚无缥缈中
又想不起有什么感情
为何对你一往情深
对你想得深深刻刻
对你割舍不下
你对我没那么重要
为何重重压在我心头
甜甜蜜蜜幽幽怨怨沉迷不醒
忘记你比面对你更难
多情只能折磨自己
多情却只能对你无情

你闪烁其词地说再见
我懂却装不懂

打碎了被你深情种下的热情
我不说再见知道不见了
想给自己与尊严留点余地
想给你的尊严留面子
留不住拼命留也没用
其实你不必着急
更不要说再见
只要你敷衍我
慢慢冷却我
悄悄疏远我
我会明白会尊重你的
不要太唐突不留情面
不相信一冷一热前后不一的你
疑惑了无数次
却始终对你张不开口
害怕言语不经意间相讥相讽
我很需要过程
需要一点一点的时间改变

你是那么温柔温情且自然
我们之间那么默契那么自然得体
本应该相当默契相当自然了
你怎么冷漠了冷静了
后悔了扫兴了冷静了丑化了你的想象
你吸引不住对我的幻觉
现实冷酷了想象失望了

我冲动的热情烧伤你的眼睛
夸张了我的美神奇了我的魅
神秘了骚动了蠢蠢欲动的心
陶醉在我没心没肺的无话不说中
梦幻在你给我的不可能中
真真切切发生了
似梦似幻不愿醒的梦中人
没什么不好没什么好

不想错过更不愿辜负美好
美好的机会一生能有几个
美好的美好只不过是渴望期许
如果没有浅尝即逝潦草荒唐
还会继续试探继续纠缠
纠缠不起了不愿纠缠出不耐烦
痛着不痛不痒的痛
痒着可有可无的痒
担心失去内心深处那一点点温暖
孤寂的凄凉渴望温暖
我已不是你的那个我了
不苟言笑沉默冷淡小心翼翼
出奇冷静沉思一片
绵绵细语连连不断
听的人不是你只有我自己
自言自语无话不说却只因你

红颜知己蓝颜知己

异性知己即红颜知己蓝颜知己
推心置腹交情过密
两个相似灵魂相吸相融
男女特质迥异思维能力有别
彼此互补天经地义
因不同而引力相吸
合力而欣赏欣慰
人品格局彼此接近
人生一起修行
纯粹心灵之约
心灵感应心灵电流风雨兼程
精神境界高得神圣
只可敬仰不可亵渎

自己不可以完全表达出自己
有时自己都不完全懂自己
更何况自己不是局外人

所谓懂你
只不过能赞同欣赏理解你
对你没有细微要求利益冲突不偏执
愿意哄你开心尊重你
彼此愉悦
不懂你你一无是处
懂你你至上至尊
尊重是一切相知相惜
话逢知己千言少
入心入骨
顿悟彻觉诗意人生
内心世界丰富充沛
更易有更需要
内心澎湃无处汹涌倾诉衷肠

仰慕倾心求之不得
怅然若失何处奔
唯有知己知情人
神秘之事神秘人
解铃还须系铃人
浪漫不请自来
非庸俗者所能
高雅自然而然浑然天成
意料之外又在意料之中
幽梦一帘魂牵梦萦
勾心动魄赏心悦目何乐不为

美得享受权利自由
雅得适度分寸淡定
游走于精神之间
游离于肉体之外
爱而不伤乐而不淫
情而不乱迷而不惑
简而不俗人品过硬
从容淡定非凡之魂
有些话爱人勿扰
轻松舒服心悦诚服
两个不同的回应有不同的感受
爱的秘密只能对爱人
对知己别别扭扭不人道
不能和爱人比
无可比原则
有利婚姻另一个自我
你的幸福知己的心愿
解决情感问题不是制造麻烦
该出手时就出手不该出手别出手
注意分寸礼貌与距离
更要尊重知己的另一半
爱人红花第一
知己绿叶陪衬适可而止
重情不多情
重义不多事
特别的人生导师情感专家

无法替代得恰到好处

要求很高难度很大
超凡脱俗微乎其微
不是谁都能走进谁的内心深处
大脑是受控制的
性别欲望不是关键
爱一个人很简单
做一个异性知己很难
知己守性为义

暧昧

暧昧条件很简单只要一男一女无论何时何地
空气中到处弥漫着暧昧的味道
花将开明将明朦胧神秘
沁心沁魄无法抗拒
来了挡不住去了留不住
好感了吸引了如醉如痴有毒有瘾
某个特定时间某个特定人相述相伴
你波澜不惊的一句话汹涌了我无数狂涛
没有真情的表情包说明了一切
一切全无却满心满肺了一切
幻知幻觉了一切
窃喜一次次加密试探一次次解密
情感大放送
游戏真人梦真人秀
情无定所的一往情深情深似海
小鹿乱撞一不小心撞墙心不死
喜欢了怕看出来又怕看不出来

更怕看出来等于看不出来忧伤着甜蜜
纠结也是一种美
闲着也是闲着打发无聊寂寞空
一个人的寂寞两个人的无聊只有暧昧最清楚
荷尔蒙青春激情刺激
今朝有酒今朝醉
酒不醉人人自醉

暧昧者不会深入爱
玩稀奇玩古怪玩新鲜
可进可退可远可近拿得起放得下
不是真情流露胜似真情流露
有时付出真心不明缘由的一方要解锁暧昧
暧昧不了了之
只有少数暧昧正常有益
恋爱前真正深入了解
真心真意的两个人
暧昧时小心翼翼一直到一生一世的小心翼翼
真爱你的人才不会舍得与你暧昧太久
青春苦短勇敢担当一回
大胆表白接受拒绝懂得拒绝
为自己的真情做主

有爱情不要乱暧昧伤害无辜
发现爱人暧昧了不能愤怒
自己伤害自己气大伤身不值

不必用别人的错误惩罚自己
爱没有了正好分开不遗憾
不要痛恨暧昧理智对待
不要以爱情名义暧昧玷污爱情
低级庸俗的暧昧实质与爱情无关
爱情初期的暧昧严格意义上不算真正的暧昧
因为两心相许心照不宣
只是确认合适不合适

第二篇

暗　恋

呼唤我的吻

雪纷纷扬扬
飘飘洒洒飘向何方
课桌前的他摇着我的桌晃着我的心
心闪闪烁烁话可有可无
脸通红通红睫毛闪闪嘴巴颤颤
手儿抖抖笑儿甜甜
每天重复每天温馨
我分明是你的青梅你分明是我的竹马
我的青梅赶不上你的竹马
你的竹马懒洋洋
我们是两小你不可能无猜
无猜你怎么可能靠近我
雪飞舞成花你飞向我
舞动着眩晕天地不停留
风是旋律雪是舞姿
雪快乐着花你愉悦着我
雪有情花娇羞

雪拥抱着花
试试探探心扑扑
雪挑挑逗逗羞羞答答踌躇乱舞
心动不行动心涌胆不大
夙愿长相祈天地各一方两小无法猜

雪亲吻着花
我从远方苦苦追逐
你近在咫尺枉做天涯
你吃过我吃过的苹果
我的口水香润了苹果
还是沁湿了你的心
不可能只有口香没有心甜
不可能不呼唤你的美好
你是我的雪却不带我去飞
我是你的花却飞不进你的唇
雪长吻花你欲吻否
痴心嫁给妄想

你是雪地
回抱回吻我梦想成真沉醉不起
你是如此深情
为何只有我的热度没有你的体温
不要你打扰我的美梦
你却飞进我耳畔
癞皮狗想赖在大地上不起吗

你和她怎么样
什么怎么样
没那么回事
一块巨石终于落地
将来想干什么
你当一个土地爷
我就当一个土地奶
一个土地奶
吓得我赶快往班里跑
班主任那严厉目光
又把我们拉回了琅琅读书声中

雪花你为什么不是我的嫁妆
雪花你为什么不告诉他
你是他的婚衣
雪花你那么纯洁
为什么不帮我
却要招惹我的情丝
你难道不知道
丝越拉越长情越久越浓
风儿你有声音会说话
请你告诉他
他是我的心愿
风儿你会跑
请你跑到他面前
帮我抱住他抓牢他

嘴巴慢慢轻轻靠拢
雪花请你不要带着我的吻迹消失
无论春温夏热
即使风干也要把我的吻迹送上天空
保存在空气中与他同呼吸共岁月

不是纠缠不清

有意无意不见
若隐若现不期遇
见也不是不见也不是
不见满心满肺都是你
见了掏心掏肺掏不出一点点
想说的没说想做的没做
一天又一天过
一次比一次少
远远地你近了
你近了又远了
心扉瞬息闯开又无名关闭
灵犀飘浮摇曳零落
熟悉得不知所措不知不觉陌生
灰蒙蒙的天冷冷的风毛毛的雨
懒洋洋的我淡淡的思碎碎的心
不是无理取闹却也幽幽怨怨
不想惹你生气不理不睬更无情

想要快乐你却无能为力
无奈自己快乐不起来
并不是贪得无厌无法满足
并不是为了不纠缠才不去纠缠
只是不知不觉疏离了疏远了
从难过不习惯到习惯平和
没有了见的欲望没有了激情感觉空荡荡
没有了激情冷落了你
冷落了你伤害了你
伤害了你婆娑了我
泪眼滂沱心茫茫
比你更伤心不难想象你的苦
奇怪自己的无常无度
怎么也走不出自己
不去苛刻却苛刻了
不是怨却怼了你
想完美一点却做不好
不是口是心非却言不由衷
不累也累不烦也烦
心不甘却无可奈何下去

不想一个人在怨怼里纠结
想起你就流泪
想要彼此的在乎
不快时你是我的出气口
纵容我一下我会沉醉

不要你的任何借口
爱根本无理可讲
只要你耐心一点
一个对不起
烦恼不翼而飞
我只是想撒娇
笨笨撒娇甜甜享用
找找在乎的存在感
要你重视我宝贝我
不要忽视我冷落我
我的心事全是你
不能没有你
依恋你不纠缠你
不是纠缠不清
只是剪不断理还乱
才下眉头又上心头
缠绵不绝

第一次动情

谁没有撕心裂肺地想过一个人
不管不顾哭哭笑笑昏天黑地
狂喜狂追失魂落魄无因无果
心碎无痕怅然若失欲哭无泪

爱了伤了没了丢失了自己
回不到从前
只有自己知道已面目全非
她也不是从来不是
心被掏空了一干二净
使不完的劲泄了一蹶不振
何去何从好与不好与我何干
最想去的地方不想去了
最想看的倩影不想看了
可笑自己的可笑
无奈自己的傻气
自以为是的果自己品

爱来如春风去如落叶一去无回
去吧去吧迎面的春风吹不到落叶
吹走了我的痴吹散了我的美吹醒了我的善

爱一个人是我一个人的错吗
错就错在我给不了你想要的
错在你根本不真心要
我拿什么给凭什么要
欲罢不能而且欲拒还迎
不在乎就能阴晴不定稀里糊涂
我不是你的爱
你不累吗不如早点还给我
何须暧昧不清
冠冕堂皇高冷傲慢的暧昧
喜欢一个不喜欢你的人
偏偏是你喜欢的样子
偏偏是你想要的音容笑貌
酸甜苦辣分不清痛并快乐着
睁眼闭眼都在眼前
好像白天与黑夜的交替一样自然
白天离不开黑夜
我的思绪离不开你
想把我的一切都给你但不可能
一次次漫不经心不理不睬
定格成我的浪漫无边
不变初衷痴心妄想

第一次动情认认真真完完全全满心想一个人
想得不饿不困
爱是真的不爱也是真的
痛是真的不痛不是我
爱你没商量理直气壮
不爱有理有据句句为我好有口无心
我爱你你不必勉强我真心你不走心
想见你靠近你全是骚扰不正常
妨碍你自由了阻止你快乐了
对不起我爱了不尴不尬爱得不清不楚
对不起你对不起我自己
对不起我的第一次真心付出
没有认识你多好不惊动你多好
只看了你一眼就认出了我心中想要的美
认识了你就欲罢不能
从未有过的心动让我有了纠结
从未有过的牵挂愁肠百结凌乱
一个人梦中全是你
心不由己迷惑迷离迷茫
你说你不美不值我没有听出一点点言外之意
你说我做得毫无意义
我不觉毫无意义
只让自己深深沉沦心甘情愿
越陷越深无力自拔真心诚意
你的婉拒同样给了我希望和力量

我穷追不舍你消失不见
我狂轰滥炸你暴跳如雷
始料不及被怒骂突如其来被羞辱
露出了爱的真面目不堪一击
不堪至极所有的真心只有不堪
惊醒梦中人泪奔醉酒
但愿只是一个梦多好

我只看到了你
不认识多好
你没有对我温情脉脉多好
我在你眼前消失你好就好
想得天花乱坠信誓旦旦妙不可言
见面时口是心非呆若木鸡若无其事
飞也似的逃跑了乐得受不了
一回头你不见了后悔了
六神无主下次还是六神无主无头无脑
恨自己没出息怕自己不够好
有色心没贼胆恨自己不争气
想做的做不了全没了还想做
面对朝思暮想大脑一片空白
两眼发愣只有看的本事
想得轰轰烈烈死去活来面对却潦潦草草张皇失措

三个人一起玩

一个人喜欢一个人就凭瞬间莫名的心跳
无名的牵挂酒醉的思念
一想便醉柔肠百结
你的一举一动牢牢吸引我
三下五除二做了土地任你耕耘
你却累了要随缘了
具体的日子苍白了起落的感情
强烈的情感混乱了日子

一个感情微妙细致一个轻描淡写
一个受不了一个忍受不住
失眠无眠不可能为我
因为不愿敷衍我一个字
我的牵挂多余了不安了讨厌了
明白了你的反复许诺不纠缠
不是体谅我是为你的来去自由无羁无阻
你何必假装真心难过

我不必假装真的不受伤
你我没有什么万水千山也没有什么细水长流
没有他在你面前尽情显示对我的别样喜欢
就没有你对我的别样用心多样心事
你俩是一个人多好
就没有我的不堪难耐无语无奈
完全不同的两个态度两种方式
一个人都应对不了哪能应对两个人夹击

真真假假似醉非醉欲哭无泪
快乐的神经没办法不紧张
散了累了醒了怎么来就怎么去吧
来如风去如烟烟飞风停心绪如麻
落花无意春风东去与谁争春
人生的风景画蛇添足多了几缕风烟
谁是谁的谁谁都不属于谁
谁都只属于自己走多远都要回头

在没有完全确定我马上开始马上结束时
你想尽一切办法阻止
自然而然受你摆布心甘情愿对你心领神会
对他若无其事判若两人无情无义冷酷到底
被喜欢为所欲为无事生非
不喜欢一无是处傲慢刁难
你亲口告诉我怕我糊涂
他是真心喜欢我疯狂到无助哭泣

你是刺激地喜欢只爱刺激
我不傻理智告诉我直觉和你说的一样
我愿意懂你不愿懂自己
义无反顾抗拒真心真意不屑一顾
一本正经迎合刺激快乐一时算一时
关心他的痛苦胜过关心我的感受
真的不好受又无力自拔甘愿沦陷
在我对你沦陷无助无措时
你轻轻一句别多想不在乎
我释然了

开始是偶然的两个人的事
结束是必然的一个人结束就可以了
始于可怜的一点点欣赏
难于必要的一点点平等
没有后悔没有遗憾任你捉弄任性
本该两个人的事却纠缠了三个人
逼退一个消失一个只剩我自己
不必失魂落魄伤心欲绝
是劫是命数躲不过
时间欺骗不了感情
真实是脆弱的不堪一击的
感情是瞬间真实感觉是抗拒不了的
分明真实过心跳战栗害羞你忘了吗
回归原始回归自然平淡

三个人的原罪三个人的游戏
谁最真谁伤得最深
我不买醉只要真实
哪怕真实到没有
没有不可怕
可怕的是不甘放不过自己
过去吧放下吧何曾真正拿起过
没有配不配与值不值只有抗拒不了
得不到永远最好
冲动纵容了随心所欲
欲望在熊熊燃烧不能自已

你赢了到手了你利用我对你的偏爱
强迫我不得不面对
理直气壮践踏我的情感
你用他的似退非退无理取闹灵魂拷问我
你不在乎的只有我的感受
我天真的解释徒劳无功
我离奇古怪你比我更难以置信
心知肚明但从不追究从不怨怼你
矛盾复杂的内心深处始终不知所措
原则底线丢失了
三个人一起玩得最狠的是你
你始终游走于我们之间游刃有余
一个疯子放弃一个呆子只为一个骗子

真真切切做梦

说过的话很天真做过的事很可笑
没有开始完全可以做朋友
不可能了朋友也不可能
面对你我忍受不住对你喜欢
不会骗自己不折磨自己
不纠结完全消失删除联系偶遇不相认
一个人的梦罢了不完整的游戏
伤不起坚强不起心里消除

我给了你很多没出息没必要
我已没有勇气放出我的没出息了
感谢你坦诚真实美好自信了我
约好不误会及时沟通
误撞了你的底线
你忍住不生气忍住不发火
斯文质问不舍得分手幸福了我
给了我意想不到的细心呵护

你的细心呵护是多余的我求之不得的
比期待的更好
你也发现我更多的好与美
挽留不了你更无意义
只求你爱你所爱更爱自己
离开我比有我好
每个晚上月明风清
没有骗过你心情复杂而已

酷酷的你真的是一酷到底
温暖体贴的你为何不温暖到底
激情的你还没有和我好好开始就结束了吗
反应消失了感觉不到了吗
真情无常喜欢有多深就有多疑惑
给我的深吻只不过是情浓一刹那的感情深沉
激动不已也可以假戏真做
是真是假都过去了忘了我负担不起
小心翼翼对你没有一点点束缚与要求
自由过火有恃无恐
没有失去的压力何来珍惜的必要与付出
没有平等对待只有失衡的到来

速战速决潇洒走一回
不用患得患失了
放胆海吃海喝身材不用你的审视了
没心没肺安心睡大觉不等回复了

不用柔肠百结了
无忧无虑一心一意做自己想做的
自己温存自己最可靠
不用失魂落魄眼泪和微笑由你控制
本以为有资格给你快乐
你给我的快乐冲昏了头
完完全全第一次放开了自己
做一回真真正正的自己你却不给机会了

最最合拍的人是你
你难道不渴望我的奇迹了
准备了满满一心房
有你的每一天约定的幸福时刻里自编自导自演
忍不住请你试试合不合意
我的热情吓跑了你的耐性与新奇
实在忍不住向你倾诉不能与他人分享
忍受不了确定不了醉了痴了
爱理不理我也能小确幸
不甘心你的不理不睬
分明一次比一次默契有感觉
见不到你难求只言片语念念不忘
在梦里依然看不够你的脸默默无语
知道怎样对你好习惯了本能
没有想过你的不好

矜持不住蠢蠢欲动不一样了自己

真情丢失无所谓了不可能
扪心自问陌生了自己无语自己
自己对自己情愿不负责对你负全责
由于你的戛然而止减少了我的不正常
给自己留了一点点美
不是为了不得不伤害才彼此无情
只是为了减少不必要的伤害
有爱必有伤责难更伤
有过好过没有百毒才能不侵
今夜又无眠心如止水
闭上眼亮光闪闪不是泪光闪闪
走出你的情困中
坦坦荡荡平平静静做又一个平静的自己

第三篇

分　手

若无其事分手

自信度被你高高塑起
又被你一次次打磨棱角
但愿这是最后一次
任性中来任性中去
来去自由幽梦一帘心绪如麻
自然而然无话不说不知不觉无话可说
许下的诺泼出的水收不回
一时的情绪一时的冲动
不是不舍也不是不甘
就是回不到从前的自己
得到的只是不久的曾经
失去了未知的勇气憧憬

苦苦等待期盼出现又不得不害怕出现
不知所措怕说错不说怕冷落
沉默是对分开最体面的尊重
一直不用说一直不出现静静的挺好的

静静想你的好静静睡去
没有情绪只有心平气和
你烟消云散了一去不复返了
我轻描淡写了一笑泯恩仇了
不知是怕伤害你还是怕伤害自己
一损俱损伤害也是猝不及防
爱怨也是情不自禁
关心成了口是心非的多余打扰
生命中的过客不是罢了就是而已
匆匆了无聊冷清冬日
忙忙碌碌了寂寞

你随心所欲真实了我
费尽心思猜不透你的心
越不懂越着迷
你也不懂我却能轻易看透我的心
在你面前我就是一个透明人
很容易做你的空气
无视我对你的存在
我也情愿包围你
护不了你周全只想给一点点快乐
真心祈祷你快乐美好每一天
强迫自己不要去想你
大脑任何思维都能自如切换成你
有你的日子没了我曾经的意义

你不知道你清空了我的一切情缘
再无心动的心思气力
清晰了自我不认识了自己
中意一个人是如此彻底纯粹
痴狂你不醉我我自醉
说不出的好好到骨髓
看不够的美抑不住我的泪
我已经不是我了彷徨失措
你依旧是你潇潇洒洒
真切感受到了第一次也是最后一次
却义无反顾把最后一次坚持到底
为你给我的不可能精心准备
为你的不可能为自己找可能的理由
天衣无缝地为你改变自己
想把自己变得更好
对你无能为力对自己无能为力
不可能有许多理所当然
不需要理由的只有不顾一切

我害怕你却不顾一切
我不顾一切了你却闪烁其词
对你没办法对自己没办法
只能任时间蒸煮煎熬
你是来迷惑我还是为证明你的魅力
我已不堪一击了不要万劫不复
言不由衷干干脆脆拒绝了你

不干脆拒绝不了
不愿伤你的心也是不可能的
有爱也会有伤但愿你真心

不要你的对不起你没有对不起我
我已经不冲动了心烦意乱想分手
只剩昏昏欲睡逃跑的气力
明知反悔就要口是心非
害怕不敢当不值
你真的很好我真的不好
你用你的不舍割断了我的不舍
送给我一点轻松
不喜不悲不慌不忙不凌不乱
没有你的日子
做不了你的风景
也要景色宜人月明风清

是不是我的错

我们的今天我们的分手
纯粹无缘由莫名其妙
第一次邂逅在一个夜晚一个不算陌生的地方
一部电视剧彼此不曾看过多少
彼此曾看过这两集
不算太长也不算太短的时间里
有了共同语言说东道西
一些无关紧要又自然而然了
非说不可不说就无话可说东拉西扯
陌生年轻的心扯到了一起
不陌生了自然而然如故友重逢

第二次河坝上无聊
看着走不动的公交车
不知多久你奇迹般从走不动的车上走来
带我进入一个绚丽梦幻的梦
我焕然一新了青春充满活力如痴如醉了

以后日子里每天有你到来心照不宣了默默传情了
共同编织那个属于我们的梦
由感激对方到应该而已
如醉如痴由梦到生活
由生活的真实到无奈听天由命
由不得不真实到不得不分手
恍若隔世难以自拔
自在舒服无比
看不到你也感觉不到你的离开
我说你是我的梦
你说有梦醒的时候
梦醒了梦就完了你就走了

天天盼你天天失望
朦朦胧胧中微笑拒绝你的热情
你笑笑无可奈何着无可奈何
莫名其妙拒绝你的邀请
你莫名其妙笑笑
严词加眼泪拒绝了你的粗鲁
你瞪大了陌生的眼说真犟
又慌忙望向了远方
我和你一样无措
我喜欢你在踌躇彷徨中
喜欢我们之间的清清白白
慌慌乱乱傻傻与你不知不觉拉开距离

我对自己太自爱不自信
对感情太保守放不下
对爱情一片空白应对不了
你对我太尊重不知所措
我不愿意拒绝
不是真心拒绝你
却明明白白真真实实拒绝了你
一切的一切是不是我的错

请给我一个说明

为什么无声无息开始又无声无息消失
难道亲密只是一个过程
难道亲近只能迅速疏远
轻柔的情话只能回味
轻柔的怀抱只是幻觉
短短几天天天陪我
我和你默默散步静静漫步于草地
生怕惊动身边的树木小山
缓缓徘徊在河边无意与河水争鸣
慢慢徜徉于小路生怕时间悄悄流逝
我和你有那么多默契那么多和谐
那么多美好那么多赏心
手拉手默默祝福
眼望眼默默传情
身拥身默默无语
语言是多余的
无声无息似有似无

这一切的一切只留回忆

眷恋美好而无泪无欲
轻巧迷离轻淡渺渺
你美得飘忽不定难以把握
虽然预感不会长久也不是不甘
不是纠结不是心痛不已
只想请你给我一个说明
是一场梦还是一场游戏
是一个插曲一场无聊
我不信真情会被梦拥有
真情醒来换无情
真心会被戏捉弄
真心演变成无心
我不信是我多情是我无知
是我不会把握机会
是捉弄我是欺骗
是有难言之隐还是什么
请给我一个说明
无论如何都会心平气和的

默默放手也许是最好的选择
习惯接受你完完全全拒绝我
我浑然不觉接受了你的决绝
其实没有说明的说明就是一个说明

邂逅在秋季

晚秋的天好凉好凉
晚秋是醉人的
也有春意在骚动
美好的晚秋缺少一个你
谁说秋风瑟瑟
你分明爽朗可人
以往我的秋天空荡荡失落落孤单单冷清清
今秋你来填补了我的空白
充实了你的神采绚丽了我的秋梦
陪伴了孤单驱走了落寞
凉凉秋风多了一份希冀有了一个个心事

你意外出现无数次惊喜我
送我回家洒下爱的足迹留下你的味道
无数笑眯眯很迷人
无法形容你的眼神
一种捉摸不透迷迷离离

世间男子少有正巧你有
无法忘怀不是不舍只是不忍
只有感动不已没有冲动疯狂
多想说声谢谢你
始终说不出口
怕一出口疏远了你
不知不觉还是疏远了你

自自然然平平淡淡可可心心舒舒畅畅
你伴我度过了多半个秋季
随着阵阵秋风你走了
又留给我一片空白
把我的热情抢夺一空
落寞了我冷酷了我
从头到脚冰冰凉凉
秋风冷冷抽打我的孤苦
无情的秋风和你一起无情到底
伤感的季节丰收的秋季
你我本该有个结果却
只抽了芽露不出茎无花无果
不知不觉无影无踪
一棵幼芽枯萎了
是你摧残的吗
还是我无心插柳

你走了带走了我无尽情思

秋风又吹起吹不走我遥遥思绪
秋风瑟瑟剪不断理还乱
才下眉头却上心头缠缠绵绵
空空落落不知飘向何方
缘来缘去缘个梦
梦来梦去梦个空
空来空去还是空
想来想去想不清
挥之不去惹了秋风的祸
恼人的秋风只管凉透我的心
不去吹醒我的迷惘惆怅
秋风瑟瑟天凉好个秋

多想去见你

多想去见你
只为一个说明一个原因
难道我不配你说再见
多想去见你
自尊不允许
无论什么借口多么冲动
在你面前丢失了自尊委曲求全
你却无声离别避而不见
我不可能再伤自尊

怎能忘日落余晖中你徜徉窗外
无奈无声泪汪汪
委屈巴巴等你
怎能忘陌生奇异目光
在我脸上晃来晃去刺伤我的自尊
换取你的无礼无厘头
我等你在我们浪漫的地方

找不到你的身影一遍遍无影无踪
在我眼前闪过一点点你的眯笑
在我耳边响过一句句你的情话
在我心头荡过一次次望眼欲穿
一次次心灰意冷恍若隔世
我不相信你怎么能没有一点感觉
真心实意合心合意怎能烟消云散

我们距离很近
谁都没有向对方跨过一步
糊里糊涂有意无意放手爱
多想去见你
无力伤害自尊
我要我们的自尊尊重我们的爱
爱不可能没有自尊
没有自尊怎么能承担那么多纯洁无瑕
纯洁的爱脆弱敏感
没有风吹草动就摇曳飘零了
我没资格无底线伤自己伤不起
如若见到你
你该如何面对我
你的自尊将逃往何方
想象不出你的笑魅不魅惑

不希求什么
谁愿意维护谁的自尊

两全不能齐美减少伤害足矣
你丢失自尊去维护我的自尊
我丢失自尊去维护你的自尊
我都不愿意
你的自尊里有我的一份
我的自尊里有你的一份
无奈我们已放手
自尊不是借口而是理由
只想说再见
多想去见你
只想优雅爱
可能吗有必要吗

没有告别

你给了我开始的美丽
也送与我结束的冷酷
是你带我走出无望回归现实
淡化我曾经的刻骨铭心
无声无息具体我另一种撕心裂肺
你是我人生爱情的真实
却去得如烟如梦
斑斑点点着如歌
不明不白无因无果
没有一点分手的迹象

最后一次你还深情款款
踌躇了分别徘徊了不寻常
莫名的泪水汪汪一反常态
惆怅迷惘泪光中
消瘦的你走得轻轻悄悄
奇怪你为何不回头看看我

看我的泪光点点
回头也是另一种结局
以往都是痛痛快快
我快走你目送
我回头你再走
难道你知道这是最后一次
我不相信这是最后一次

第一次有了相拥爱吻
第一次有了不由自主
第一次惹得喜欢的人不由自主
为自己不由自主天真地有了爱情
天真地有了你的证明
相信爱情不会走
不知不觉悄悄走了
对你有许多疑惑
寻求爱情真谛
岁月蹉跎告诉我
丢失的爱情无理可讲
对爱情很信仰
对自己太自爱
放不开自己的爱情
口是心非婉拒你
心口不一误导我
彼此尊重不小心疏远了爱情
爱情缺少不了忘情忘我

我忘不了自己
自己把自己保护得严严实实
流失了你我的纯真率直
不知不觉丢失了你

明知你在不去找你
一个人面对孤寂
你离我并不遥远
有机会偷偷远远模糊你的背影
把机会留给了缘分
把主动让给了奇迹
你主动逃避
我放纵机会
如果无缘为何你我不期而遇
而且不止一次而且互相中意
如果有缘为何你又不辞而别
迷离真情悲凉爱焰
为何不了了之麻木情智

恋爱中的女人最傻
傻得已分手只剩下自己都无知觉
其实没有告别
挺好挺人性
我在慢慢期待中一点点面对真实
彼此有了重新选择的机会去尊重彼此

无言的结局

想象中的你和眼前的你
是两个完全不同的你
你不知不觉自然而然
一点一点完完全全拒绝了我
你毫不妥协选择了曾经以往
从适合得再不能合适了
不知不觉到合适得不会合适了

你是我最爱却不懂我
我在失落无奈中适合你
你明知故犯着我的明了直接
其实很简单
不要忽视我的惊喜冷漠我的热情
惊喜很敏感热情很脆弱
害怕你从我的视线中消失
头也不回背离我只有一句走了
留下委屈巴巴的我木立不动
任由泪水模糊我的视线

还没来得及看清你的表情
忍不住委屈巴巴不止一次
最后一次委屈到绝望无泪先你而去

热情被你一点一点击得粉碎
折碎了相爱的翅膀随风飘零
你我之间已无内容空洞一片已不可能
不可能了面对凄凉的一切
眼泪随着抱怨企盼远离了你
眼泪是不舍是放不下
不是发泄不是压抑不是多余
不是几个对不起能面对的
你简单了我麻木了
自己的心痛只有自己知道
承受不了一点点撕碎
一片片埋藏一点点放开
一步步走出一天天熬过
为一个人流泪会流干
对一个人的爱会有尽头
不该左右彼此
不该为了误会而让步
不是误会胜过误会
是你的不应该应该而已

你接受不了没有我的事实
你等待我给你惊喜

我的惊喜已成为你的习惯
你意识不到我需要你的改变
你只会在痛楚中原地等我
不问缘由任我东西更无责备
等待中明明白白分了手
我已成为你生活的一部分
却融不进你的生活
你的洒脱冷落了我
一次次泪奔一次次看不起自己
自卑中守候相对时口是心非勉勉强强
苍白的对话难掩尴尬难耐
不见你是对你最好的呵护
有无数个不见你的理由
找不到一个见你的理由
我守住理由你一样坚守理由
你的理由成为我离开你的出口
装满了理由的爱无滋无味
无法面对面对不了

我在任性中不解你的理由
你在等待中承受我的理由
苍白了你我无力了爱否定了爱
爱的末路是理智我已很理智了
理智高尚了分手不枉相守一场
心平气和我们的明天
纯粹一些放手一回轻松一点

梦醒时分

请到我的梦里来好吗
想看你梦里的样子一定很美
想知道你在梦里对我的好
想你痴痴的笑萌萌可爱的小牙
你的调皮我的喜欢你的兴奋我的心跳
想甜甜的你温温柔柔
可可心心两个柔情似水两个天真烂漫
想听你的声音一颤一颤拨动心弦
炫耀我的心思心思里全是你
哪怕没有你的声音只有你的存在

没有了莫名其妙只有心驰神往
没有了无名泪水只有真心祈祷
你一定要好一切都好
我才好得心安理得
小心翼翼用心呵护你
心有余力不足你是否明了

你壮大了渺小的我
微妙着我的微妙
美好着心花怒放
活出了不一样的我
自己不认识的自己期盼的样子
没有你会缺乏有趣与兴致
激活了能被激活的细胞
心潮澎湃欣喜若狂欲醉欲仙
喜乐平和从容雅致
有即空空即有
心在飘荡骚动不安一泻千里
你的微笑不是习惯是发自内心深处的呼唤
呼唤我的灵性独一无二
淋漓尽致酣畅淋漓
你的气息你的出现沁香空气温暖气流
吹走我冬日的寒流
你是我的小太阳
空气都是甜的心儿都是醉的

美好永恒成一瞬回不到曾经拥有
欲罢不能恍惚如梦如幻
不曾拥有也未必不好
心要怎样的决绝才能不伤感
我的梦不是幻想真实拥有
有梦有远方吗有未来吗
消息全无无影无踪只是艳遇惊艳猎奇

和你分享的心情无眠着焦急等待
只不过是我一次次地自言自语
为你失眠天花乱坠想的比做得好
不可能的不敢做的都能自己醉自己
快乐不起来奢侈着你的快乐
情理之中意料之外
我肝肠寸断你无动于衷
不回复没有消息就是消息
你不用一个字干干净净告诉我
我已经失去你了
只是我还沉醉在梦里无可奈何

热情有保鲜期不会为一厢情愿不确定无限鲜活
来如春风得意去如落叶无声
无名点燃的是你默默熄灭的也是你
你不愿在爱中驻留
只满足于不同征服的成就感
矜持不了
诱惑是如此纸醉金迷情真意切荡心沁肺
得意远去的你依然美丽
请你不要回头洒脱
不要看出我的泪水不堪不美
留下不完美的我独自完美
分手用不上赤裸裸用不上真真假假
你体面温婉落落大方体面了我
我值得你尊严不谢

我直接而热烈倾心所有
明明白白情真意切不暧昧不清
不会欲望了只有纯粹的美好曾经
最后的甜言蜜语是对我的尊重
行动上的冷漠无情了我的纠结
不纠结拿什么资本去纠结
无牵无挂了纠缠就免了
爱的潮水涨过高潮退到无期无痕
留下了不一样的温情不一样的你我
我是你的鸽子
你一次次地放飞
我真的飞走了飞出了迷幻的梦

有你无你都一样

不经意的不满如野草疯长蔓延
爱有多热烈不满就有多炽热
爱有多痛误解就有多离奇
爱得欲罢不能痛得欲哭无泪
渐行渐远熟视无睹无动于衷
最熟悉的人成了最陌生的人
莫名其妙着莫名其妙
麻木不仁着麻木不仁
渐行渐远远得无法回头倔强不回头
不是赌气却赌气地远离了陌生了
痛得不痛了放手了

忘掉痛不知不觉忘掉你却不可能
你有形无形霸占我有意无意左右我有始无终深刻我
生活着满足的不满足
放逐着不满足的满足
一点一点走近你

如今却要一天一天离开你
一个人一个人从泪眼滂沱到欲哭无泪
一整夜一整夜从痛彻心扉到若无其事
你的名字安静了我
我的回忆温暖了我
平静的我告诉真实的我
有你无你都一样

没你的日子一个人也可以很好
静静的闲闲的惬惬的
漫无边际无限美好自己的光阴
不用操心不用担心你
不用急急等你无可奈何
不用急急证明你的好你的安
做好自己替你照顾好自己
不是为了自私才自己爱自己
只是为了爱的意义爱的尊严
有你我更自信没有你我同样自信
不放弃自己没有人可以轻易放弃你的光芒
给你自由自在给自己一个微笑一个重塑空间

你对我已起不了作用
吸引之门是你
只有你才能随时随地打开
我已经闻不到别的味道了
满心满脑都是你的味道

异性在我面前无感了
爱可以如此清净一个人
可以如此干净一颗心
纯净飘逸纯净风月
有你就是没有你
没有你就是有你
因就是果果就是因
见不见你都一样
情一样不增不减爱一样不咸不淡

风起的日子一样笑看落花
起舞的夜光一样举杯望月
共经之路留下爱的味道
空气中弥漫你浓郁的味道
心与心是分不开的相通的
思念在种下希望的种子
一样的感受一样的心情一样的心态
每个日子一样清新每个心情一样期盼
好像生活都与我无关又有关
不痛不痒不急不躁不悲不喜
嘴角始终上扬淡淡的笑轻轻地点头
不顺耳的话少了要说的理少了
操的心少了自己想做的事没少
平凡的我平凡的你平凡的日子
平凡不平凡开着平凡的花

最后一次

最后一次糟透了
糟得不能再糟了
斩断了欲念
虚情明了假意
假意别了虚情
坦坦荡荡轻轻松松了
真真实实不飘飘忽忽了不要勉勉强强了
毕竟不容易毕竟拥有过

突然无奈尴尬突如其来的暴躁
我冷静着诧异冰冻了僵笑
只能笑不能开口言多必失
辩解没有必要莫名其妙
回怼做不出来已经没有必要了
没有了未来前一刻刚刚你侬我侬
没有了如果原来如此只有结果
最后一次绝对最后一次目瞪口呆了

绝不允许自己犯同一错误
已知的未来绝不会给你伤害我的机会
尽管很委屈气愤却说不出一句伤害你的话
不想火上浇油顿悟了你的无名火
释怀了逃离你去得决绝走得甘心

不合适非要合适做了不后悔
不做不明白不面对只有遗憾
为了不遗憾伤了情感伤而不哀
美好微妙不再微妙美好
美好只是当时的一瞬间
冲动而已
伤痛才是长长久久
刻骨铭心
自古多情空余恨枉然怅然
苦闷把曾经的美好一点点吞噬
挥之不去不招即来来者不爽
阴雨连绵整个忧忧郁郁
伤痛很容易深刻深刻到骨髓

许久许久麻木了你的多个对不起
许久许久不是不敢特意靠近你
却冒出了一个心血来潮
也许因为许久许久了
认真的情绪不认真了无所谓了
同样心血来潮的你飞奔到我身边

会心笑开心笑沉迷欢快中
没想到还能开诚布公心悦诚服
相似的心思互相理解感恩简单着美好
不必做不必要的违心事了
褪去了不必要的负担
舒服反而容易了好多
没什么理由没什么借口
不必纠结谁对谁错
笑脸相迎读懂彼此的快乐
躲避会让不快更加不快
坦然面对轻松相对清心寡欲一点
相处方式很重要不要有任何勉强
舒服总不会出错错在不必要
不远不近不慌不忙无欲无求无牵无挂
自自然然重新开始

爱得无能为力

溪云初起日沉阁
山雨欲来风满楼
一天比一天沉默冷漠
从无话不说到无话可说意料之中始料不及
越来越多的不在乎打发了在乎
心一点一点下沉死寂死寂

漫不经心只有一个字好回复追问的你
口是心非决绝了莫名其妙的你
突如其来的打击深深刺痛你
聚少离多把爱逼到死角封死爱
走进了心走不下去只能转身
两颗心交汇不了越来越偏离
滴血两颗心在滴血
对爱无能为力又无力自拔
痴痴傻傻爱支离破碎不堪一击
一点一点吞噬了可盼不可即

一天一天磨灭了应有的热情

爱你不是一天两天不是一时冲动
恨你不是一时半会儿不是一时糊涂
爱你死心塌地恨你不留余地
爱撕心裂肺恨刻骨铭心
拼尽所有爱给你抽空所有爱转身
最后一次头也不回
拿出所有勇气不回头背离你远去
只有一个念头离开你
冰冻了你我的一切
你感觉不到异样没有挽留
你已习惯我的伤心落泪
习惯了我的无底线
意识不了我的突然决绝
意识全在你的梦中
深深深刻深深深化深陷下去
梦是你爱我的更大动力
我只能在你的梦中缤纷
梦醒时分我走出了梦走到爱的尽头
灿烂的爱被梦扼杀奄奄一息
麻木了抑郁了脆弱得不堪一击

转眼又是一年春
无可奈何花落去
落花无意流水有情死灰复燃谈何容易

痴痴等你从梦中走出
你给我的全部仍是爱
眼泪成了我爱你的全部
无数泪流到欲哭无泪无可奈何
想你想得只剩你的名字痛并快乐着
无可名状的伤感突如其来的快乐
在我一个人的世界里莫名向我涌来
挥之不去潮水般涌来时涨时落
无中生有有情无情网住我整个心魄
无数的你在我一个人的世界里荡漾
一个人一个人只想一个人
还是你还是你只有你浓浓烈烈
天涯海角有时尽相思绵绵无绝期
想着你模糊的清晰的好与莫名的不好
拥有看不见摸不着无时不有时时拥有你的酸甜苦辣
过着此情若是长久时又岂在朝朝暮暮的每一天

寂寞的爱

手机与我你选择了手机冷落了我
身近在咫尺心远到天涯
面对一个心爱的人怎么舍得把爱不释手浪费在手机上
无关紧要的有声有色无关紧要着无声无色
你不经意我胡思乱想
越掩饰越难耐为爱找借口
为爱的尊严做一个体面的遮羞布
脸上僵着笑刻意着和谐
尽量不在乎心里说不出不妥帖
沉默膨胀了默许纵容了你
尴尬躲在手机里仿佛离尴尬远了一些
空气躲不开尴尬偷偷叹气深深呼吸

你与我之间真的没有别的
一点也没有只有一个过程
过程里你爱不释手我欣喜若狂
原来如此的过程后你放下你的选择

我选择了命运的暗示缘分的安排
郁闷滋长心田疯狂蔓延
暗夜深刻郁闷的深度生出了翅膀洪水一般
煽情了我而你平静从容
你安然入睡旁若无人
我安然入睡莫名其妙
你有许多张牌我只有一张
你用不完我已用完了
我的世界是你的
你的世界我若隐若现
你能主宰我我不能左右你
不公平理所当然着不公平
短暂公平后又陆续不公平

我不自信了
唤不起你的热情
挽留不了曾经的激情
冷静讥笑理智
挫败不老的心荒唐了美好
曾经的美好变了味道
尴尬至极不堪回首
荒唐是做了才感到荒唐的
荒唐之前是非做不可的
荒唐是顽固不化的调皮可爱的

偶然关心不难

可贵的是每天醒来的第一个关心
难道是每天的随心所欲而已
我敏感得多余了
你只能面对梦幻的我美化的我
真实的我冷却了你的热烈
我的无话不说庸俗了你的性情
爱真实得弱不禁风了
没有风吹草动就黯然神伤了
亲密后为何貌合神离
亲抚为何不知所措
亲爱的你为何躲躲闪闪
面对没意思失去不甘心
爱生长在乏味的边缘
有过路过罢了

第四篇

表　白

只有冷漠

你是第一个面对面说我美丽的男孩
没有激动有点奇怪
此后发现自己有一点点美就想起了你
做我的女朋友好吗
你是第一个追求我的异性
听而不闻低头苦恼
一个字都不愿意说
只想赶快逃离你
你挡住我脸靠过来
我带着哭腔怒目你
不知不觉扬起手要打你
打落了你的热情
你嘴扁扁撇撇抽抽扁鼻子
嘟囔着居然这样
没注意你有没有委屈的泪光
你踌踌躇躇不知所措了
你不好受我也不好受

如果你不表白
我们之间也很融洽
喜欢和你一起随便交谈
你有意向我介绍你自己
我没有在意
以为你很健谈
邀请我去你家看看
我不当一回事
以为你随便说说
认为是少男少女之间应有的热忱
你比我小几岁有意隐瞒我
我毫不在乎觉得与我毫不相干
不知你对我有这么多用心
你会做饭许诺以后为我做饭
不要我自己做我听不出你的言外之意
感觉不到与你我的未来有关
敏感的我对你很木讷
对你只有无心无意没有走一点点心
只觉得你挺不错挺随和

别人对我不礼貌
你目不转睛紧张关注我的反应
你对我温温和和很舒服
我不懂你内心的波澜
诧异你对靠近我身边异性的醋意
只知道与你嘻嘻哈哈

无意中加深着你的伤口
你误会了要送我回家我拒绝
抢了我的包你辗转反侧了一夜
请求我看你的信
毫不犹豫退还你的信
看都不愿看一眼
不去想象你的感受
委委屈屈别别扭扭

在你面前有了不自在
尽量躲避你视而不见听而不闻
此后我们没有在一起待过
你最爱唱那句只要你过得比我好
歌声在我耳边时常回荡
其实你很好
只是我自己无法从我心目中的他走出来
对你没办法产生特殊情愫
只会粗暴对待你无情伤害你
但愿我的冷漠能缩短你的伤痛期

尽管伤害了你
同样羡慕你的勇气
你起码知道了我的心意
离开得明明白白
似乎明白为什么
有的爱能在心底埋藏一辈子也不愿说出口

你出现得太迟出现在我的深深沉沦中
你的坦率触痛了我的伤口
同病相怜的我对你条件反射
不太懂为什么面对你的表白
有那种突如其来莫名其妙的反感
高高瘦瘦白白的你
常常在我脑海浮现
请你原谅我的无礼
幼小美好的情愫受我鞭挞
连一个简简单单的解释都不会
如此冷酷无理请你谅解
为你祈祷只要你过得比我好

再见了小男孩

不知你的名更不知你的姓
清清爽爽的你清清晰晰印在记忆里
第一次见到你
我们之间就是习惯
轻松愉快回荡在我们之间
与你自由自在无拘无束
无忧无虑苦恼不翼而飞
浮云般来去自如
不经意中降到眼前
每次都没有约定没有告别
每次都是你的随心所欲
每次都是我的自然而然

一天有两三次
被误会成对象
我只说你还小
我们之间根本不可能

每次你围着我转我跟着你动
不是那种无所顾忌的胡闹
是那种恰到好处的默契
斯文而不压抑热烈而不聒噪
不着边际的话时断时续
无关紧要也不冷清
大胆注视你无须设防不需刻意
自然大方是多么爽快淋漓
小手不停拍拍你的黑裤子
小手不停拍拍你的小黑鞋
可爱被你诠释得一清二楚
忘记自己的矜持小心
被你变成一个不知愁滋味的小淘气
真想牵牵你的小手
被你唤作小帅哥
我自私着奢侈着
不知你是否忘记我
想着你只有美好
你让我明白简单不只是简单

别人为我介绍了对象
我们在桥下有说有笑
你不知何时跑到桥上
站在我们头顶上
在我没有发现的情况下
踢下几粒小石子

在我的注视下你走开了
就这样你消失了再没有出现
来得潇潇洒洒走得同样潇洒
感谢你带来无限美好
再见了小男孩

在乎不在乎

你怎么能不记得对我许的诺
真情不应该如此不走心
很在乎对你倾吐的字字句句
真情流露小心呵护
月儿听了动容风儿听了感动
我的心声你的心动
没有温文尔雅的情话
哪有温情脉脉的痴情
在乎你在乎你的一笑一颦一言一行
你的一笑笑走了我的无限忧愁
你的一颦带给我无尽哀愁

不要太在乎外表如何
外表多美也美不过心灵的美
美丽不是用来炫耀的
用不着脸面来张扬

自己都看不到自己的脸用不着评判别人的脸
如果自己看到了自己的脸
美人会乐疯丑人会气疯
美人因此多冷面丑人因此多作怪
什么美丽你不觉在贬低你自己也在贬低我
爱情不是衣服脸蛋的价码
爱情是两个相似情感的自然吸引互相适应密切交融
我不在乎你的外表
你的瘦小对我来说同样伟岸

我在乎你不想说的话不得不说
想说的话又不敢去说
多了过分了怕伤了你
伤害你男子汉的自尊
刺痛我的自尊触伤爱的尊严
在乎你不敢充分表现自己
怕你不适应尽量隐藏自己尽量适应你
用你的口吻说话
模仿你的态度处事
为了适应你几乎丢失我自己
为了适应你可以做你要的一切
无论喜不喜欢擅不擅长
只为一个在乎你
如此在乎你
你已离开我
我都感觉不到

依然在乎你
我已做好在乎你的全部准备
你却中断了我的机会
你是否在乎我的在乎

你走进我的世界

你走进我的世界
寻访唯一灵魂眷恋
不求锁定结局只求曾经努力
不求朝朝暮暮只求心情美丽
不求左右你只求愉悦你
不求水到渠成只求坚定不移

你走进我的世界
文字是爱心轨迹
真诚追溯情源
沉淀美丽真情
感受温暖瞬间
你走进我的世界
种一心田心莲
连绵不断芬芳苦短人生
留一抹馨香永存
守一片美好心宇丰润

秋波两顾盼蓦然心动
灿烂笑灿烂激情
携手一片蓝天共拥一湖心海
洗涤涩涩岁月沉淀深深情愿
偶然碰撞
感受热艳唤醒青春不回头
你走进我的世界
你愿意诗意我苍白的欠缺吗
你是我心弦精彩的开始吗
我能缤纷你内心世界的五彩吗

你听到了我的心声
从我心中走出
我心扉微启
为你铺开心路等你
你鲜红了我的血脉
唱响了我的乐章
奔涌澎湃真实我
你姗姗来迟
儒雅深沉轻柔灵动
我们已错过昨天
还能错过明天吗

今夜无眠单而不孤
心波似水清纯柔软
你是不是像我一样思绪飘逸

千头万绪点点滴滴
同一夜色同一星光同一心情同一梦想
同一感觉同一情怀心吟同一首歌
你走进我的世界
驱除我的寂寥
愉悦我激荡我诗意我
不知不觉来了不知不觉有了不知不觉好了
你多了一个我我多了一个你
我们彼此多了一个彼此
彼此多了一个惦念

你走进我的世界
我的世界未来可期
苦不是苦事不是事
有你慌恐一扫而光
你走进我的世界
天更蓝了水更美了
心情美得不能再美了
春风满面着春风得意
你走进我的世界
梦的开始美的希冀

你好早安

每天的幸福里有一个你想念
心情美是每天可以想你
真的很幸福想你想不够
幸福多多每天有你的早安
在不在眼前都随时牵挂
不在紧紧相拥也在灵犀相通
不便甜言蜜语眉目也在传情
随心所欲又不能随心所欲
飞鸽传情随时随地
每天太阳升起早安必来
早安密密麻麻爬得满满
你的牵挂我的眷恋
你的不舍我的不弃
你的必需我的必然
星移斗转春花秋月
睡眼蒙眬早安你好
不知不觉习惯了

用一天的时间想你
用一天的时间完完全全感受你
我的心你懂
你的暖我知
你的情真不做作
我的意切语迟钝
真的假不来假的真不了
光阴不紧不慢你我不迟不早
该来的来了赶也赶不走
是你的就是你的
无关好坏合心合意舒服自在
佳期有约鸾凤和鸣
如胶似漆难舍难分
你近了近了
心狂跳加速相对无语红晕乱飞

你远了远了
怅然若失不知所措
心凉了随你飘向远方
读你心醉神迷
想你撕心裂肺
读我心驰神往
想我火急火燎
面对你想入非非
只能胡言乱语

说着口是心非的话
无可奈何不说更难奈何
秋波暗送
你冷静得不能再冷静了
自然得不能再自然了
微微笑冷静笑自然笑
情不自禁难掩自然
只有我知道你的自然有多不自然
你的话用心良苦不多不少
你的笑用心良苦不多不少
你用心对我小心翼翼
我能懂你无声的关切
感觉到了你的热切
触摸不了你的指尖
阻挡不了想入非非
每次我和你一样冷静
冷静得不能再冷静了
只有你知道不是冷淡更不是冷漠
你懂我足矣别无所求

天天早安天天踏实天天开心天天真诚
我懂你安我安天天安
一睁眼你的习惯我的习惯
我的快乐是你一天的开始
你的快乐是我一天开心的源泉
痴心人痴心等痴痴想

想得甜甜梦乡甜甜
睡觉前偷偷笑不能不想你
梦中撒欢儿笑醒自己
梦中你尽情笑用心看
摇曳我缤纷我诗意我
梦有诗有远方
明天一样诗意一样远方
今天真实可心
我们的过去不过去
未来可期不茫然
你好我好天天好

爱

好感熟悉探索契合感觉幻想渴慕亲近出现爱
两个不同世界变成一个全新世界
在特定氛围里静静自待开花
可惜有人一生未曾真正开过爱之花
爱创造了关系
关系也创造爱

关系毁于寂寞不满恐惧
爱的能力越不够占有欲越强适得其反
爱是痛苦的成长过程
爱中的痛苦远远比快乐深刻长远
悲伤中更易接受伤害
在同一频道游走等待接收
由爱付出爱而期待而心碎
期待有多大失望就有多大
不要让自己的伤感成为一种惯性
伤感是自己培育的选择的不是被人强加的

别人怎么做不重要重要的是你怎么感知感觉

独处最深喜乐平和把自己活好是爱的资本
好好爱自己才有安全感才有爱的能力
不要问爱你有多深要问问自己爱对方有多少
付出多少才能得到多少
温暖的爱更容易接收与付出爱的温暖
爱能减少负面情绪与爱自己的程度成正比
真正爱一个人就该爱他的本来面目坦诚开放接受挑战

认清自己的极限与能力去宽恕
不是一味付出讨好而是引导感恩陪伴
一个爱说一个爱听你懂我我理解你
不伤害是最好的温柔
始终善意最爱最高贵的体面
爱会被婚姻冲淡被时间改变
要有稳定深刻吸引爱的智慧
幻想中迷失现实中危机无意识中伤害
爱不会突然消逝只会转移
美好是瞬间的永恒是短暂的
花的美丽短暂而柔弱
女人是花示弱吧适当示弱自由分享无惧担当
充实自己不要有伤心的时间
在乎而不要过分在乎

爱有怎样的优越感就有怎样的自卑感

一切源于比较过分自我
没必要无原则比较导致没必要的错误
误会伤害被抛的不可能是纯粹的受害者
自身找错误真正宽容惩罚自己防卫而自闭
谁对谁的爱也不是理所当然
爱需要努力穿透爱越好保留得越少
越深的爱越满足无欲求
爱是一种努力爱到极致努力越多
宁静圣洁温温润润可可心心
你的安好是我的心安
最大可能快乐你周全你
自带光芒发光发热神采飞扬灵性自发
只有开始没有结束
同悲喜共命运彼此蜕变
净化高境界灵魂穿透共振

爱是奇迹也是灾难
爱的真理很简单简单到不可思议
对不懂的人很复杂复杂到不可思议
爱得值不值在于能否给你价值
价值你的生命意义你的意义
纯粹存在满足狂喜

第五篇

别　离

何必

过去只能过去
过去怎能复原
彼此已留下伤疤完美已脆弱
感觉正在麻木
只有独处才能疗伤
我的热浪打破你的安宁
我是你的水不会平静也不甘平静
你是我的暴风骤雨
彼此一对视就撞出火花
相互吸引自然而然相依相靠

序幕被双方急促开启
日子特殊起来时间飞转起来
特殊的日子特别的你
飞转的时间眩晕着我
一浪高过一浪水滚烫成波
浪怎能不起波

波震撼着波战栗着
语言是多余的
眼神已传递一切
共鸣美妙着无限
我在优越中纠结幸福
我有常人难有的优越
女人本应安分的优越
欲望与我形影不离
渴望炙烤着我煽风点火的是我
错的不是你是醉心的缘
女人能有几回缘
醉倒在缘的怀中魂不守舍
让我一个人面对不堪
何必要惩罚你
自责于你多余
何必在爱中勉强
我的恐慌何必要加上你不安的分量
尽管难以负荷自己恐慌已够了
恐慌的滋味我懂

害怕在漫漫漆黑里闭眼
闭上眼睛不知不觉泪流
现实冲淡浪漫
问题冰冻激情
梦境回归本真
泪苦苦涩涩为苦恼涓涓不息

叹气是多么舒服
闷气窝在心里争着冒出来
你怎能不顾我的后顾之忧
你怎能轻松我的恐慌
我的每一个习惯都是对你的希望
本以为在你的心田种下了希望
你的心田不贫瘠为何
接受不了我雄心勃勃的希望
黑漆漆合不上眼清醒的神经正要复苏
我们之间有了逃避就有了误解

彼此拉长彼此的距离飞速零距离
世间能有多少真正亲密
亲密因为无间才容易松垮
你走不进我的心我走出你的心
不是伤害为何如此受伤
神奇相遇难道是为了相离
从远方不知不觉走向对方
紧紧吸附相惜
相遇时光美好
相离需要多长时间
相距究竟要远隔多少
相聚是光年相离多漫长
对你无声无息不是为了惩罚你
对我更是一种折磨
原谅你不能原谅我自己

不能以特殊方式面对你
已不可能对你完全敞开心扉
对你保留的美好已出现瑕疵
不要碰它不要触伤它原来的美好
原来你也是一个孩子没有那么完美
你醉过我的醉
我不怨怼你
听从缘分的安排
我是大人必须长大
一个人能承受起
不用你陪我负担
我普通得不能再普通了
只有你才在意我
你是我梦幻与理想的组合体
幸运之神已青睐我
感激都来不及
不该愁云满天不知所措

有一个你

你的天籁是我的与生俱来
拨动心弦七上八下
魂魄被你吸附
脸通红了战栗
呼吸急促喘息情状声颤颤
兴奋背叛了矜持
笑声是我最大的满足
只有忙音也能温馨
一个拜拜就是另一个世界
只剩流泪的气力
快乐为何消失得如此快
心跳为何走向伤悲
你把感觉驻在我唇上不敢触摸
不是怕摸去爱的感觉
而是无法从你的蜜爱中走出
双手合十捧着双坠链
一个是你的象征一个是我的化身

相扶相持心心相印祈求安康坚守完美

宁愿想你想得痴痴
傻傻地不愿长相守
不是不爱你只是怕把持不住
失态破坏美惊吓美
无心辜负感情小心呵护
我不够美给不了你更多完美
我不够好给不了你更多好
自信有点不堪一击
自己喜欢了憔悴
不是你的故意
漫不经心的不是你

冲动想见你胆量大不了
苦苦追问自己不堪了你的匆匆
想去就去已一去不复返
想去就去已被日月销蚀
想一个人真的很难
控制自己需要多大忍耐
相距不远却不能相聚
能见又不能见
相思漫无边际
你送了我憧憬
也给了我无奈

相思的日子越来越长

相聚的时间越来越少
在一起时光飞快地跑情愫飞速地涨
要说的话没说完要做的来不及
带着你的余温仓促地走
牵着你的热度不回头
不许自己多看你一眼
只有心跳知道有多不舍
奢望多看你一眼
挽留一点分离的时间
模糊着你的回眸
心想追回你却心碎地背离你
多情也只能拉长你我的距离
本来多情却只能假装无情

众目睽睽下只能忽视你的顾盼
只能疏远你只能陌生相待
不是为了多此一举只是为了保全彼此
爱只有理智才不受伤害
你我彼此善良着对方根本伤不起
只能在你爱的庇护下长大
不辜负你的博大心胸
挚爱拥有了自豪
懂你彼此彼此
因为你我温良得柔和了
心胸敞向了大海扩大着美
装着满满的思念追随一个你

烟花是爱的证明

忍不住激情的炙烤
欢奔雀跃于你
来不及好好看你一眼
热情娇羞了眼帘
你自然而然理所当然
天衣无缝逃离我
把满腔的落寞留给我
急中生智祈求你减少我的空寂
不要在我的视线消失
我的视线不能没有你
亲切的背影快速在我的不舍中远去
真实的背影给我的只有奢侈迷恋
慷慨的只有梦幻的背影
每次相会你的背影就是我的主旋律
你稳健淡定我痴迷慌乱
偷偷可怜自己默默生自己的气
不争气的泪水模糊了远方

眼里只有你的得体
你大方洒脱我不知所措云里雾里
可恶自己的热烈无措
反悔自己为你的精心装扮
亲手毁灭一个蓄谋已久满心狂喜的心愿

爱的美好多半是憧憬
自己一个人漫无边际地遐想才能永恒美好
美梦走向另一半就到了尽头
睁开眼只见伤感
美好即逝伤心永驻
心灵感应也有保鲜期很容易过期
灵犀邂逅不了你的热情
涤荡着往日的温存
残留着余温的欢颜
涟漪着醉人的泪水

现实如此不堪你我如此尴而不尬
在爱情面前你信誓旦旦媚态百生
在婚姻面前你撒手而去回眸百盼
呼之即来瞋之即去
明知不确定偏偏要证实
扑向欲望的怀抱
矜持不住等待
把持不住热情
泪水又一次真实起来

无尽的欲望馋餍着骨头
我深刻隐忍着自己
两个人才能爱
你对我的爱
却是我一个人的折腾
两个人容易出错
一个人容易美好

被吸引了心灵感应了
不顾一切相顾而奔
相遇在爱的交点
奋力点燃火焰冲天而散
灰烬的存温抵不过我热泪的温存
烟花是爱的证明为燃而来为燃而去
为相愉而来为相知而去我为你而来因你而去
有谁能遗憾烟花的陨落
有谁不期待烟花般绚烂的爱
有谁能把握命运的捉弄
拼命相知耗尽彼此仅有的一点点光环
拼命相依吸空彼此仅有的一点点耐力
一次次点燃因炙热为灿烂而始
一次次熄灭因光环为辉煌而终
升空不是为了自由而是走向末路
爬高是情非得已地被抬高
为了你的自由你抬高自己
踩踏着我的自尊

我走向情归路
深深埋下了头埋下了悔意
装扮落寞伪装美好的脆弱
为走进对方的心
烟花粉身碎骨而无悔终生

我粉碎所有为走进你的心房
你敞开心扉神秘诱人捉摸不透
有进路无退路
难道要杀出一条血路才能完全征服你占有你
情路坎坷难行为你理所当然背叛自我
偷偷看不起自己
抛开你就丢失活力
没有你就没有意义
无意苛求你难免纠结自己
委曲求全不为你为自己
化作灰烬也要相依为命
为了生命的绽放流泪也是美的甜的
我的泪已化作烟花随风飘舞
舞到天涯随你海角

回头看看我

泪眼已蒙眬不知多少次
消瘦的背影离我远去
多少次想用哭腔喊你
只想让你回头看看我
看看我有多不舍
抱抱我安慰安慰我
每次你转身我流泪凄迷惶惑
为何相对又默默无语
又一个梦去了又一阵风去了
又一个你去了又一个我哭了
你去得从从容容飘逸洒脱
你不想回头还是不肯回头
你去得如烟如雾
我心飘飘忽忽
你是否又一次逃脱了羁绊

一往情深着你的凄美

深深眷恋着你的凄迷
深深沉浸在你的温情中
回头还能继续温润我吗
温文有礼的你去得毫不在乎
仿佛我不存在仿佛没有见面
仿佛你我之间不曾发生什么
无数美妙转瞬即逝
真实的你梦幻般消失
真情的我梦幻般踟蹰
亲近为何不能挽留你的不舍
倾心为何如此敷衍了事
无数次泪眼茫茫失落无奈
多少次心在呼唤快回头看看我
只要你一回头我就会拥紧你不松手
你没有我没有
依然泪眼蒙眬无声呼唤
你是否听见你是否不肯回头

最后一次泪眼茫茫已绝望到极点
我潸然泪下你渐行渐远
心仍绝望呼唤你
你仍旧不回头
你是否知道这是最后一次
是你使我泪眼蒙眬
又是你使我不再泪眼茫茫
你已无声离开我

难道你不忍心
我为你泪眼迷迷
不知该感激还是该怨恨
只是遗憾你没有回头看看我

最后一次拥有你

天灰蒙蒙黄昏冷清清
和往常没什么两样
胡思乱想不知所措
你来了我欢呼雀跃
像小鸟般快乐飞奔
没有小鸟美妙的歌声
不打招呼乐得合不拢嘴偷偷笑
头儿微微垂心儿乐开了花
微妙着美妙着可有可无的距离
走着走着有意无意碰一下你的胳膊
有你有种说不出的快乐
家在天的尽头有多好
一直一直这样走多好

和往常一模一样的愉悦
笑眯眯望我送我回家
路边帮我系围巾轻轻地

慌忙躲闪你无奈笑笑
路边粗鲁躲闪你的臂围
你只能无奈笑不敢端详你的脸
路边匆匆甩掉你牵我的手
偷偷望你目光好奇尴尬极了
似失望似痛苦似委屈
习惯性笑对我的羞涩逃避
我的羞涩感染着你的羞涩
你对我只剩羞涩的笑了
你深情款款我恋恋不舍
只会羞涩地笑
我沉沦在羞涩中
你习惯了羞涩
有意无意不知不觉冷淡疏远了
年轻幼稚的恋情枯萎在羞涩中
谢谢你宽容地一笑又一笑
笑得很迷人笑得纯纯
迷恋你的笑好像弯月牙儿
路边的亲昵不属于我
我不习惯也习惯不了

路边最后一次你说了很多
我没有像往常一样在意
因为你和往常一样
恋人路最短
还没走够

不得不分手
第一次催你走
回头走定定望我
读不懂你的眼
似笑非笑似喜非喜似幻似梦
走了两步定定望我
第二次叫你走匆匆一瞥
似蹙非蹙回头走了
和往常一样看着你不紧不慢离去
眼不知不觉模糊了
和你的背影一起模糊不清
模糊到没有一切和往常一样
怎么相信这是最后一次
没有再见只有模糊的双眼
没有预感只有无期的等待
你知道这是最后一次吗告诉我

第六篇

相　思

用生命想你

人群中一眼认出了你认出了缘分
只一眼深情
灵犀了你
你笑灿烂我心灿烂
一模一样的笑一模一样的真诚
两个自然而然两个迫不及待
两颗心向一个心思靠拢
我感受到了另一个我
你认出了另一个你
没有陌生没有生疏
亲切自然恰到好处
你靠近了我
欢奔的心要跳出来
你的声音悦耳动听听不够
你的名字两个普通的字神奇了
和我的生命融为一体
从未有过的合心合意

我苍白的世界顿时绚烂明媚
呼唤你想你
从此无数次不由自主自然而然
从此不厌其烦
次次鼓舞欢欣
美妙舒服无处不在
生的喜乐重生的曙光新生的激情

从此不能没有你
互信默契相依为命
完全不用你出现
你的名字也能吸引我
你的声音迷醉我
你的笑脸征服我
不用你为我做什么
不用你刻意什么
听不到你的声音满耳都是你的呢喃
我随时随地随便感觉你
醉了美了累了睡醒了笑
笑里有你有滋有味
心里有你激动激情
无所谓得失无所谓好坏
除了你其他无所谓
只要能想你感觉你

身轻如风飘舞欲仙飞到你身边

你和我一样
一样快乐一样想我一样感受我
你说每天想我不能不想
我最想你的时候就是你出现的时候
有呼吸有思维就不能不想
生命的部分如同空气阳光
心儿为你狂跳
生命因你美丽
疼痛了更想你
越痛越想你和我一起痛
你的名字是最好的解痛药
痛得无眠无眠想你痛而不苦
想你能真切感受你的温存
你的体温热切爱怜绵绵不绝
痛没有了无聊被你洗劫一空
痛跑进了想你的感觉里
想你的感觉比痛的感觉更深
深到骨髓深到每一个细胞每一根神经
感谢痛让我真真切切深深体悟了你
感受你给我的生命意义
你不知道平凡的你对我有多不平凡

深知没有你的痛痛彻心扉
暗夜漫长黑暗
有你便有光暗夜不黑暗
你的明眸闪闪发光照耀我

喜欢了暗夜的宁静全身全心全是你
我的身心没办法与你分离
寂静里满是你的笑脸你的叮咛
寂静不在孤寂享受了寂静
无穷无尽的愉悦开心满足
够了有你此生无憾
静静想你用生命
比拥抱你更心安比离开更无畏
见与不见你都在我心里
无惧无忧无愁了
日子无忧无虑快快乐乐
天真烂漫童心童趣
自己对自己都不好意思了
快乐是掩饰不住的
越控制越强烈
你强大了我的生命想你足矣

想你

你是我的断然瞬间
强烈的飘浮沉沦
爱是一个人为一个人一次一次地流泪
无尽的泪水无尽的你
想你时我才不再孤苦伶仃
想你想得痴痴心碎不已
只有停止思想才能停止想你
你的容颜足以滋润我的风花雪月
你的问候为何不再激起我的冲动
随风飘离只有风儿冲动
捡起了往昔的尘
抓不住曾经的风情
吹亮了我暗夜的心灯
摇曳着我的魂魄
怀抱的小枕已分不清是不是你
人离开你心离不开你
我残酷莫名其妙分手

残忍到你无言我无颜

无颜面对你面对不了毫不在乎
你的无声无息在保全我还是你
反复无常扫荡一空了
看不起自己抵制不了反复拒绝不了无常
你的无声无息比看不起我更看不起
冷漠最暴力最致命
两个人的互动成了我一个人的折腾
你的心宁愿在等待无助里滴血
也不愿对我无礼霸道一点点
一次次浪费我的用心良苦
一点点多余我的一往情深
误会在急切的沟通中误解着
辩解成了多余无力的借口
一次次泪奔减少不了无尽的思念
幻想眼不见心不烦心更烦
只有泪水懂得心碎有多心碎
你一次次在我们爱的足迹里找寻我的足迹
梦幻我奇迹出现却杳无踪迹
情缘昙花一现
苦涩的心苦涩着日子

生活的不如意没有可怜你接踵而来
受伤的伤口又被撒了一把盐
有气无力走不动路汤药苦着口

全无生气爱说爱笑的你不说不笑了
完全变了一个人却不来告诉我
不愿绑架我不愿我可怜你
不强迫不责怪默默等我冷静
无论如何都舍不得怨怼我一字
曾经的默契不默契了
曾经的亲密无间不能亲密无间了
熟悉到陌生得不能再陌生了
彼此固执到不能不相互折磨
霸占的心由软到硬由硬到软
霸道的眼泪不霸道了不肆虐了
不知时间治愈了还是情未了
冷静的我平静了放过自己了
想着你的好你的暖你的可爱
一念地狱一念天堂
能天堂为何要地狱
我肤浅了草率了反悔了

终于又听到我心动的声音了
眼前的你面目全非判若两人
根本认不出我的那个你了
苍老了一脸的心灰意冷
木木地呆呆地四目相对
没有想象的激动惊喜只有惊奇
变化如此之大心力交瘁恍恍惚惚
鼻子酸酸说不出话

不知道是谁先说的话
忘了说的话记不起
只知道轻轻的简单的话
彼此没有了抑制不住的笑
抑制住了抱头痛哭
泪光涟漪中看到了彼此的心疼
心疼懂你的欲言又止惺惺相惜
被你宠坏了任性无理伤了你
委屈的你千言万语无从说起
牵肠百结无计可施不是滋味
乖乖地轻轻地跟在你身后
熟悉的背影缓缓带我前行
时不时回头看看我点点头不说话
不好意思了无论如何都不分了
我不走远你不走开

在一起

多年见不到我对你不变
眼前出现你心里正想你
你却认不出恍恍惚惚
你的视线不再为我停留
引不起你的注意浑然不觉
从你的出现到离开我目不转睛
一样的眼光不一样的目光
一样的声音不一样的情怀
一样的人不一样的神韵
你不知此时的你在触摸一个多年的牵挂
惊喜的心紧闭的唇强压着内心的狂热
我的面目被岁风了
我的体态被月化了
你整个人为我守旧
我整个心为你依旧
为你外冷内热心为你坚定不移
心被你始终支配

情为你深深陶醉
不敢开口开不了口怕吹化了你
一如没有自信的从前
如今依然面对不了
怕自己的形象在你眼前减色
怕自己的声音在你心里减分
我要在你心中完美

曾经你的声音一飘向我
你的嘴就弯弯你的眼就弯弯
不敢看你的眼是否直视我弯弯
眼儿垂垂头儿垂垂声音急急冲向你
睫毛闪闪话儿闪闪
我的不由自主自信了你的从容
慢点慢点言不由衷
本来少的话又少了
心声全是你
急匆匆才能冒出你
慢吞吞就丢了说出的勇气
你也是急冲冲冒向我
美滋滋心照不宣
你把全部的美给了我
我在你面前笨笨的傻傻的
想得太多做得太少美滋滋
看着你美滋滋始终沉醉
彼此没有触过一下没有一点点
哪怕借爱的名义

彼此没有缠绵过一句
哪怕用爱的借口
任凭爱焰熊熊燃烧
没有真正的开始更无结束
只有真正的甜蜜甜得痴痴醉醉
甜蜜得毫不做作任甜蜜自生自灭

我们不是单恋却用单相思的结果相对
你我美得单纯纯得圣洁
洁得高贵贵得难得
心为你感情为你动
纯洁的爱恋感动不了天也要比天长
天是地的魂我是你的魂
地是天的魄你是我的魄
没有天哪有地没有你哪有我
天为地长地为天厚
天懂地我懂你
地撑天你撑我
天为地变我不能不想你
地为天动你不能感觉不到我
天地相互作用你我互感互化
天地一体你我一体
看似分离其实不离
天为地日升日落我为你情飞情长
地为天披寒挂露你为我遮风挡雨
天不尽地不灭
我不了你不断在一起

你不在情还在

一切都成了故事
你成了我的枉然
分不清你我
忍不住想你
呼吸都是你赶不走你
生命中的风景全是你
点点滴滴离不开你
有关无关总与你有关
独处不是独处总有你
遐想不是幻想总有你
总有泪总有受不了的情
不想为你流泪
只能离开你
离开却出乎意料地泪奔崩溃
仍旧无缘无故泪眼蒙眬
你是我的泪流不完与你俱来

你给我的情深到灵魂深处
无法与你一起消失
淡了却淡得更深了
深得自然而然
你自然成了我的习惯
习惯不是想没有就没有的
不是见不了你是没有见你的冲动了
见与不见都一样情只多不少
你的行踪已牵动不了我的骚动了
近在咫尺已发现不了对方
你我已陌路
熟悉得不能再熟悉的陌路故人
熟悉得不能再熟悉了不得不分离
不是失望却用决绝代替了失望
不是为了伤心才会去心寒
习惯了不纠结了无所谓了

不知不觉一天天没有你了
没有你原来也可以一个人很好
想你成了没有你却拥有你的全部
苦苦想你不是等你
安安静静真真切切
听不到你的欢声笑语
失去了曾经醉心特别的欢愉
一个个若有若无的细节
渐渐远去的看不够的熟悉的背影

行色匆匆地大步离开
似喜非喜的眼神欲言又止
你放下了放不下的拥有
分开并不能减少相思的分量
默默守护我的每一个日出日落

最懂我的人是你
但你更愿意尊重我
无条件不问理由尊重我
面对分手只不停说
你的心在滴血主动退出
后来知道你好像变了一个人
爱说爱笑的你不说不笑了
我们彼此带走了彼此的快乐
在你面前很容易满足
一句对不起你的错不是错
我的怨不是怨我忘了生气的我

你一出现
我的笑灿烂无边美妩媚无限
没有人能如此美丽我丰富我
只有你
没有人能千变万化我
只有你能波澜起伏我
你的一笑一恼牵动我的一举一动
熟悉得不能再熟悉了不能消失了

默契得不能再默契了不能没有了
贴心得不能再贴心了
不厌其烦着每一个曾经拥有
无论你在不在
天真认为拥有你会拥有余生
天真认为分手只是不相见
还能无话不说彼此拥有

想知道你好不好
不打扰你会更好
不会不想你
我们之间的一切都是我自己的一切了
幽幽的思念伴我过着没有你想你的日子
深深的情缘让我一个人静静想你
放手了放不下你
你不在情还在

第七篇

初　恋

初恋

初恋是生命完美的开始
不知不觉开始掏心掏肺关切着
情绪随你起伏
你的笑绽放着我的心花
无名状的担忧释怀了
你的声拨动我的心弦
留意你的一举一动一颦一笑
迎接你满目的牵挂
头不敢抬眼不敢望
余光完完全全包围你感应着惊喜
倾心倾慕拉拉我的衣角指指你的心窝
心小鹿乱撞脸滚烫滚烫
好想知道你说什么
慌慌张张支支吾吾
你睁大了眼张大了嘴
话没了手松了完了
如此甜蜜美好为何如此难把握

微妙已占据心扉完完全全无终无极
羞答答慌乱乱满心窝的话一个字都说不出
不敢面对你又特别想面对
木木地笨笨地傻傻地不知所措不知所云
云山雾水飘飘忽忽
心智被你蛊惑怯怯呆呆
无常煎熬着两颗纯纯的心
不甘心却什么都做不了
什么都没做好像又发生了许多
情飞情长充满了每个回眸回盼
偷偷怯怯把小纸条放在你面前
我平静了你平静了
满脸的谢意写在脸上
自自然然的两个人沉沉静静
多多少少的话语少之又少
脸上的四片红晕微妙着空气
真实无言向四周宣告
真实了异样了微妙了
话语中满嘴都是你的名字你的所有
完全沉浸在你的世界中
完全沉醉不醒
只知道心狂跳压抑着冲动
心不能不因你而狂奔乱跳
视线中没有你胡思乱想心烦躁

你奇迹般出现愁云烟消云散一扫而光

灵犀的你有意温馨我
哪怕是一句话叫一声名字喂一声对一个微笑
我欣喜若狂
你放心笑了轻松了又完成了一个心愿
分离的日子一天天靠近
笨笨地傻傻地只有偷偷流泪
不去话别不敢面对悲伤
任由时间吞噬你我笨笨地傻傻地
不会去约定不会去打算
任由痛苦一点点折磨
能感觉到彼此在乎
很合拍很美好很珍贵
却不会珍惜无法面对爱
有意无意撒手爱

你是我七彩的气球梦幻绚丽易碎
你是我纯洁的天使纯净唯美相随
已完全离开你又完全拥有你
你是我完完全全的矛盾从始至终
始终不敢真正面对你
面对不了你至今如此
你是我的完美无缺
你的完美压迫我的自信
我一点点否定自己因你
紧张狂喜无能为力
美妙心跳不已伤感不伤情
初恋只有完美的开始没有完美的结束

邻桌的你

你坐在我右后方拽我衣服
我回过头你指了指新衣服
脸笑成了红苹果问好不好看
冲你浅浅笑稍抬眼转回头不出声
真好看像新郎
念头一闪羞红了脸
我要站起来你拽我衣服站不起
周围人笑了我不羞不恼
不看你坐着不动了
坐在右后方每天拽我衣服
刚开始感觉你讨人嫌没礼貌

请教疑难耐心解释
我的手挨着你的手为你着急
两个平常的神态没有多余的话语
无数次拽衣服无数次耐心
无数次习惯开始关注你

眼睛习惯向后瞟习惯你的动作
习惯你的声音彼此多了交流
习惯我们的一个个微妙

一个杯子喝水丝毫不介意
女友笑我同男生同用一杯不卫生
依然每天一个杯子
异口同声彼此袒护
女友戏我同你穿一条裤子
我拽你衣服求你晚自习载我回家
你拍拍胸脯男子汉十足神气十足欣然点头
你骑车走了发现不会上车的我跟在后面走
折回头把车推过来看着我上了车载着我
一路无声克制自己的心跳短短十分钟
稳定着不知该怎样稳定情绪
身子与你保持该有的距离
到了不声不响跳下车
你依然向前骑
继续着美好回回头
发现我已经在地上不动了
只好挥挥手离我远了远了
想喊你下车多待一会儿
只有我们两个人
还是没有声音开不了口
想目送你又不敢怕被你发现
偷偷瞟你不情愿回家

躺在床上沉浸在你的车上
沉浸了无数次
沉浸也是一种相处很幸福
无数次很幸福如此的美好
只有可怜的两三次
这是唯一的你我二人世界

你来过

众目睽睽之下你为我申辩
委屈顿时烟消云散
你义愤填膺我若无其事偷乐
女友夸我眼力好你真讲义气
我笑而不答出尔反尔重复你
女友笑我回味无穷

理所当然不由自主跑到窗前望你
终于听到熟悉的敲门声分明是第一次
跑去开门你怎么才来
大步四处巡视俨然一副主人派头请我俩坐下
请你坐你不坐自己开门跑了
我不由自主又一次在女友面前重复你
女友分明出现在第一现场
赞你漂亮堵住了我嘴
女友鼓动我去你家
我不停摇头站在窗前希望你出现

你突然奇迹般出现救世主一般
拼命喊你用力挥手
模模糊糊地你居然出现了
飞快跑一进门十分钟一会儿走
惊喜没了失望写在脸上
赌气不看你紧闭双唇一声不吭
你把一沓钱丢在我床上担心我没钱
想马上走我脸色突变
催你马上走不要管我
你不忍心了不嚷嚷了不敢走了
僵持了沉默了我们一动不动
我不由笑了不想为难你
你要我等你一晚上
明早为我送早餐
我没有点头
盯着你克制着酸楚的泪
你头也不回跑了

你是否有意逃避
可怜的自尊纠结着我
每次的偶遇都是那么匆忙
两句对话苦涩的笑
留下落寞的我独自承受
目睹你的背影最后一次
你那么仓促我只有无奈
难道你没有预感

有预感又能怎样
女友夸你对我真好
我心苦苦楚楚

门上贴着我的留言
老弟我走了谢谢再见
不知你送没送早餐
无数次想你提着饭呆立门前
看着门看着留言看不到我会怎么样
不知对于你
这是不是我最后的文字
是不是你我的最后一面
我且把这留言算作你我的一次会面
尽管你不能面对我还能面对我的文字

我走了你也走了

我和同学要了你们的合影
明明想要的是你的却不敢和你要
害怕你知道大胆和别人索要
你看出了我的心思成全了我
独自灯下与你对视
是我大胆面对你的方式
你若有所思并不对我含情脉脉
这样看着你是我一天的必需
一天比一天惆怅
一天比一天无奈
一天比一天泪多不得不分离

不知道何时有你
只牢牢记住你信的日期
聪明的别淘气快用功
第三张小纸条放在你桌上
次日早一个信封郑重放在我面前颤动的手

没有暧昧之情只有深深情谊深深谢意
你称我老兄诤友我呼你老弟
你表示要我珍重
半年后三番两次找同学捎信要求我回信
兴奋惊喜的我没有回信
从此斩断了你的音信
埋下了沉沉的无可挽回
深深埋藏了你
我没有给你写过一封信
忧伤到极点理智到极点
选择无声放手听天由命
我固执认为如果你对我真正热烈
你肯定会来找我给过你路线
如果你来我就不顾一切了

第一次与一个男孩来来往往
第一次对一个男孩有真真切切的心事
第一次为一个男孩撕心裂肺
恍恍惚惚沉迷于想你的世界中
你没有如期出现我满足于相思之中
明知不可能却偏偏感觉不到
正在一点一点慢慢失去你
无时无刻不重复你我的片段
想你成了我咸咸的幸福泪光
真正体会了什么是心灵寄托
不厌其烦的我不厌其烦想着你

落榜的我没什么资格拥有你
我拿什么给你幸福
认为爱是单方的估价
不会真正面对
有你只能放弃你
你不到来对你是公平的
我有你家地址你也有我的
你是否像我一样痴痴等
你我一个模样地痴一个心思地傻
只能错上加错一转身一辈子
想知道究竟力不从心
你对我是否忘怀
时光能倒流我会不顾一切弄个水落石出
哪怕你把我伤得不可理喻
我为自己设了一个愚蠢得再不能愚蠢的谜
一个有解却不去解的未知数
未知下去

美丽陷阱

你无影无踪又无处不在
你不是我的天罗地网
却紧紧包围不放手
你用幸福武装我
我陷在密密麻麻的幸福中
幸福了永久
我没有完全拥有你
只拥有你的名字
你却给了我全部
忧伤时你的名字是我的全部
力量的源泉生命的绿洲
拥抱着你的名字安然睡去
一个个不如意过去了
因你简单着美好

真实着眼泪品味着苦寂
胡思乱想你泪光涟涟

灵犀的你小心感觉我有意温馨我
笑脸甜甜眉目早已传递了你的脉脉温情
无常不快无影无踪
忧伤因你的在乎与否紧张泛滥
我时时在乎你
岁月没有在乎你我
没有你我就没有刻骨铭心
用泪眼读你的可有可无
不相信你我是悲情
想你时只有渴望渴慕
念你时只有凄楚执着
没什么能阻止我不想你
即使心在渐渐麻木

你傲慢地把我拉回从前
甜蜜捉摸不定
分明已不可能
却心醉神迷
一个飘忽不定的痴
一个模棱两可的你
想你想得夸张
微妙着不存在
舍不得放下放不下
甜蜜着不确定
幸福拥有像救命稻草一样牢牢抓紧不松手
单相思真美让人美得无力自拔

你任我左右为我而生
忧也陶醉泪也高贵
心碎不伤心
你是美丽陷阱
我奋不顾身跳下去
你烟消云散
你住在我心里
距离你近得无法相遇
我来过你故里
你是否路过我身旁
红晕因你而起
心跳为你而狂
你是如此完美
我是如此紧张
你完美如初
我紧张如故

爱是个美丽的错

明知不可能
却情不自禁情投意合
只能错下去
错得美丽醉心
错得漫不经心
错得恍恍惚惚
错在心缘
错在往昔
错得两小无猜
错得没有亲昵语言
更无亲热接触
错在扑朔迷离
错得没有火辣辣对视
却有两颗扑扑乱跳的心在
彼此细心呵护用心怜惜
你视我为奇峰雪莲
不敢妄动不敢亵渎

我视你为海市蜃楼可望而不可即
只能意会不可言传
只能远观不可近驻

不知不觉彼此纯洁
自然而然参差迢递
迢递的落花只能随风飘
飘到你胸前请你抓住它
牢牢放在心里不要松手
我是你的一片落英
日夜随风飘零
迟迟不肯落地入土
只为追寻远去的你
你是我的一阵风
忽紧忽慢忽冷忽热荡着我
留恋风花雪月
雨儿是我为你洒的泪
雨儿征服风
我依旧找不到你

错的是我的第一次
傲气装满了第一次
自尊伪装了真情
无奈主宰了主动
你逃避吗抱怨吗
为何又化作风来徘徊我左右

沉默的风儿告诉我
错了错得醉心痴迷
错得美丽美到余生
风儿请你不要停下来
缠绵着花美不胜收
舞到绚烂舞到天涯

第八篇

热 恋

热恋

不是第一次无论是第几次
一样的心脏狂跳小鹿乱撞
哪怕只有一样的眼神一样的对话
嘴合不拢不好意思用手捂
笑是从心里跳出来的藏都藏不住
风情万种心驰神往说不清道不明
自己醉自己容光焕发心潮澎湃

佳期有约千穿百搭千妆百扮尽善尽美
如约而至左顾右盼急切切乱哄哄
做该做不该做的事你情我愿的事
想得天花乱坠
相对却欲言又止心不甘
语言是多余的晕乎乎小鹿撞呀撞心荡漾
空气里的柔情蜜意说明了彼此的一切
神采飞扬如饥似渴如梦如痴
彼此探索想知的未知的彼此

爱情的美妙妙不可言
美到极致缺点也是个性只为你绽放
好到没有一点点不可能
默契可以是无言的关心可以是悄无声息的

不风风火火了怀疑了平静了热恋期过了
有的人一辈子都没有过热恋期
也许没有碰到能够点燃自己的人
也许自己是一座死火山无情冷漠到底
有的人一辈子都处于热恋恒温中
不可思议如梦如痴一个人一辈子
有的人只有三个月左右热恋期
更有少数人你冷他热
把你点燃了他熄灭了冷了
只要真诚明明白白也挺好
热恋期就是矜持神秘
绅士风度翩翩欲言又止意犹未尽的时期

对方的样子大部分是自己期待幻想的样子
也许对方比你幻想得更有深度
你未必能欣赏出来
你爱的人值得你用一生慢慢品味
爱情的样子就是你想象的样子
其实爱情的真实模样就是生活的样子家的味道
每天待一起会腻审美疲劳降值
异地远水解不了近渴不容易

不远不近有适度自由和空间最好
舒服不羁欣赏有度有说有笑
爱情最美的一面就是彼此的新鲜感
留一手保留一点神秘感做个自信有生活价值的人
自己给自己安全感最安全

在一起是难舍难分
不在一起不是不想
你的无法容忍是他的大惊小怪不可理喻
男女有别千差万别不可意会不可沟通
感情不知不觉千疮百孔
熟悉了反而陌生了陌路了
莫名其妙不可避免无可奈何着伤感伤痛
只有真正爱你的人才能治愈你的伤痛
不要悔恨你的冲动爱就是冲动
没有冲动没有了青春热血也不正常
无可挑剔了如漆似胶一无是处了茫然无措
不是你眼光不好也不是彼此有多大问题
是人性使然不够爱不懂爱
分手是很正常的生活经历而已
不必太在意未来可期淡定淡然习惯就好了

真爱是融入彼此的生活习惯
热恋期彼此完美深情款款多情泛滥
没有永远的完美哪来永远的热恋
温柔以礼不要冷漠和颜悦色柔情似水

不黏不热不可能最亲近的人最可爱
有求不可能次次必应但不能泼冷水
一起做至少一件对爱有用的事一起为爱打算
活成自己想要的样子彼此喜欢的样子
情感需求是多方面的多层次的
热恋期只是情感需求的初级阶段最感性最基本需求
共生期比热恋期更重要更难
是否匹配取决于双方的一致性
即大方向相近不排斥细节相融洽
关系稳定有何底线如何让步是否愿意改变
你快乐我就快乐荣辱共戚不欺不媚优雅从容
我为你尽力你却快乐不起来不合适不强求
用心不心机简单却能美好
感动而感恩尊重而尊严

热恋没有一定模式和时间限制
热恋期其实就是深入了解熟悉对方的时期
完全了解了正常了平静了不必大惊小怪
换来换去换不来真正的热恋
有趣的事对你感兴趣的人做才有趣
情投意合才热情洋溢

春天的使者

我浑身裹满春天
我的春天有雨露有阳光般的温暖
也需你去滋润装扮
充实我身体的每一个细胞
唱响我生命的每一滴血
舍不得闭眼而眠
贪婪吮吸着幸福
谁说天堂才有快乐
快乐不需如此沉重代价

我醉入情缘深谷
每个毛孔都欢蹦乱跳
顺着快乐蔓延伸展
每根神经都轻歌曼舞
心驰神往着你
喘息着依依不舍
情圣非你莫属

妙不可言飞越时空
缥缥缈缈充充实实
不枉此生有此一刻
一颗心交融另一颗心
一个心思领悟另一个心思
我的世界只有你
世界只剩我与你
生的琐碎全无时间停滞不前

喜欢回味无穷
鼻尖深嗅着心泉扑腾着
愚昧蹂躏你龌龊亵渎你
冷酷的现实把相思化为苦涩
世界上没有什么能与苦相思媲美
你让我坠入相思苦海
我爱这苦海无边
汹涌澎湃的我
只为苦逐一个你
你傲慢地坐在相思海里向我招手
回头不是岸
搏潮冲浪才能到达理想彼岸
自己青春了一夜自己
自己燃烧一夜自己
自己忘情自己

我羡慕猫猫扯破典雅面具

冠冕堂皇在漫夜中
深情悠扬着只属于自己的情怀旋律
真想变成一只猫只为这狂放不羁
我妒忌狗
善解人意的主人为自己牵线搭桥
鹊桥搭在自己心上
狗故作姿态地用鼻嗅着爱的感觉
尾巴欢雀着倾诉着离愁别恨
馋液滴滴释放着按捺不住的热情
似你非梦似醉非狂似睡非睡
眼睁睁读着你
手空空奈我何
黎明在纸上豪放在笔端
春天孕育着希望萌发着冲动
我的春天妩媚着朝气收获着希望
满载我的希望放飞我的激情
做春天永远的使者我与你

水晶恋

你浑然不知我的水晶泪因你而涩
从意识到情感不曾体验真正的快乐
多想在你给我的快乐中栖息
谁知一次次的甜蜜后
更深更长的是苦涩
难道爱神的天平是公平
享用多少就要如数退还多少
付出的酸甜苦辣远比得到的快乐刻骨铭心
把快乐建立在别人身上是
世界上最愚蠢最痛苦的事
我内心的五彩缤纷已被你洗劫一空
以为自己的情感最丰富最绚烂
仅仅一次的不经意
就丢失了光芒发不出光辉
害怕你失望更害怕快乐不了你
你是全身心快乐我
我也费尽心思愉悦你

你我的不快与快乐一样猝不及防
是我进你的心不深
分明天天读你天天懂你
已不是任性的年龄
有能力与你共担风雨
风平浪静的你我只是表面假装平静
不相信真情会被痛拥有
确信我的真情只能打动你的心
你的真心只会拨动我的心

自从有了你
我就成了身心不一的人
二分之一的激情摇曳着二分之一的灵魂
魂不守舍呢喃难辨
在你心房挪出一席之地
灵魂才能有个家生根发芽
不至于落个四海云游飘零不定
敏感脆弱着你给我的点点滴滴
你懂得怎样用心爱自己所爱
魂醉心迷的我不该脆弱敏感
挥不去伤感的影
柳荫如不弥漫
柳泉将如何奔涌
泉水之所以能流光溢彩
只因有大地的丰乳滋哺
我之所以正在长大

只因有你的缠绵缱绻

此生没什么知心朋友
只有诗知道我的烦恼
把心事告诉诗
诗不会嘲笑我的傻里傻气稀里糊涂
只有你才能读懂我的诗走进我的心
赶走我的痛我的心事就是你
没有了你我就没有了心事
不能牵动你的心更做不成水晶女人
水晶装满了我的泪我的心事
你是我什么样的男人里面装满了什么
我要你做我的水晶男人
水晶泪是蜜做的
只有我们幸福才能开出朵朵水晶之花
水晶泪光甘愿为我们的漫漫征途点灯
泪水模糊着离别涟漪着你的怜爱

你不许我说不吉利的丧气话
你瞋目了我
这是你对我生的唯一一次气
我没有在意你的轻描淡写
你却庄重向我道歉解释
菩萨心肠的男人怎能不拥有一个心地善良的女人
你不会狠心抛下我
弃我于蛮荒无助哭泣

你的水晶泪洗涤我的稚嫩
渴望的眸子搜寻你的慈目
干枯的小井迎接甘露琼津
浇灌着两口干渴的心泉
心扉自动为你开启
泪是真的心已不会做梦
我是你的水晶女人流泪是自然的
不忍心惹你伤心落泪也是真的
怀揣你的水晶女人撑在手心
掬一束阳光让你的水晶女人
饱饱晒一晒太阳
否则水晶女人会发霉变质的
记住我不是鱼儿不会随外界变换温度
你的温馨才是我的保温箱
我才能发出最美的光最强的光
快快长大
泪水凄婉中一双翅膀背着一双不会飞的翅膀
灵犀双衡水晶双依
花蝶双飞何期双宿

阳光下的爱情不足一天

一天何其短暂而平凡
蜉蝣的辉煌只有一天
昙花一现的爱情
辉煌的代价是死亡
爱情与生命同在
为了爱情舍弃生命
生命的终结换来新生命的延续
为传宗而爱情
小天使诞生了
父母不得不永远离开

相同的命运不存在不公平
更用不着羡慕觊觎同类的亲疏
数不清的成虫在海面群游群荡
急不可耐欢雀腾跃迎接夏雨到来
一场夏日的太阳雨是蜉蝣唯一的缘分
只要有夏雨成虫就能成家

小女虫变成新娘子小男虫变成新郎官
夏雨的雷鸣风啼打开结婚教堂大门
所有蜉蝣腾空而起
携手伴侣的第一步与最后一步
耗尽所有产卵后葬身大海
死亡回报了爱情天经地义
生命走到了尽头
爱情代价一天
来不及看一眼自己的亲骨肉
一天的爱情延续了生命
完成了使命实现了价值
短暂而精彩执着而灿烂

谁能不尊敬蜉蝣
可敬的小昆虫给人类的启迪不会短暂
不存在社会老龄化没有生活压力生存危机
用不着大虫吃小虫小虫吃老虫只有自然淘汰
生爱死只是一个过程
毁灭为了更新
不是安乐死超越安乐死
是自我牺牲
我不希望自己长命百岁
我知道自己从哪里来
却不知自己到哪里去
未来也像一个小虫
某一天我会平静地去

没有眼泪有留恋却无怨言
我没有蜉蝣般的壮举
只想学蜉蝣的一点心态
对于爱情对于生命哪怕只有一天的辉煌

情绪电话

魂不守舍的时刻
是个偷懒的小学生天天迟到
丢魂的人抓住时针拔针助跑
熟悉的十一位数只能点拨不能呼叫
真想隐身随你
真想左右你的手机
不方便也能安抚那颗骚动的心
应答声随心意屏蔽
秘密只属于你我
之乎者也浪漫着心照不宣
吞吞吐吐遮掩突发的慌乱
答非所问掩饰着情非得已
反悔自己心血来潮
慌忙用人生橡皮擦拭着
生活不该有不得不冲出的热情
迟迟不回电无情拉长着时间
钟表的嘀嗒声为何不能变成我的铃声
此起彼伏着焦急不安

每天这个时刻电话理所当然打扰了早餐
食不果腹饥肠辘辘与我无关
温馨电话最能解渴充饥
充值了忐忑不安

手机是我的撒气包
你激情时我跳着手捧手机寸步不离手不离机
生怕手机被你的热忱掠去
你不冷不热我随手丢弃手机连同我灰色的心
手机委屈巴巴望我狠狠心弃之而去
来电不接叫不停也不接
报复你失望无助送还你
灰色的心与手机一起灰色在家中
急匆匆回家上蹿下跳抓起手机
没有一个未接来电
永不呼你不理你
决堤的泪水成了无常的誓言
气呼呼顿悟明明没有穿孔
两颗心却串到了一起
怎忍心让我的电话冷落你
互不许诺互不干涉
灰色电话慢慢变蓝

明天的电话时刻你依然一往情深
今天的太阳和昨天一样爬出来了
今天的天蓝起来了
彻夜的辗转反侧泪水涟涟

想象着分手场面无名的傲慢云散了
挡不住不争气的矜持等待你的判决
熟悉的铃声是起跑的枪声
心身齐跑向手机心慌慌手忙脚乱
心扑扑告诉自己不是梦
不是音乐胜似音乐
这是有生以来我最会唱的曲儿
你最愿听的歌儿倾诉着声声冷暖
兴奋叫嚷我不痛了
嘴说你先挂吧手迟迟不放
生怕一松手你跑了
无奈挂了痛又来了
心爱的铃声又叫我了
一定是你听到我的痛了
你用电话喂我吃药
督促声唤去了忙碌的你
手机把我匍匐在床上咀嚼着你喂我的药
动情的铃声又告诉我该吃药了
你怕药苦了我在电话的那端匆匆喂我糖吃
手舞足蹈着甜言蜜语
真服了你不鸣则已一鸣不断
我的兴致无法落下
情绪多动喜怒无常
请你慢慢熄灭燃烧的激焰
你不怕炙烤我害怕
我俘虏了情绪电话就等于俘虏了你

你的笑我的笑

想你的笑想你的美
用我的痴痴笑用我的呆呆美
灿烂我们的笑纯真我们的笑
有你就有笑不完的笑
有笑就有美不完的美
笑不会消失你不会走远
你的笑告诉我你多在乎我
我的笑告诉我多依恋你
我们笑出了彼此的美
有你我才有真正的笑与美
你会让我笑得更美
美得止不住笑

笑有感觉美会感应
甜甜感觉你的笑
美化我孤寂的灵魂
我们的爱在笑美美的

你的爱柔而不轻
你的情温而不火
不卑不微不庸不俗不紧不慢
刚刚适合对的时间对的人对的情
命运的眷顾爱的努力绽放
命中注定缘来缘聚
出现在必然而然中
必然得毫无准备不用准备
开始得理所当然没有理由不用理由

是你的迟早是你的
不是你的多努力也不是你的
感情很微妙对的人很简单
一触即发一发不可收
不对的人也很简单
不知不觉南辕北辙天各一方
对你有说不完的爱动不完的情
抱着你感觉你的心跳
吻着你感觉你的温润
无论如何不松手爱出分量与担当
风多大雨多急有你不害怕
路多远山多险有你无险阻
在你的守护里我弱不禁风而安然无恙
在我的港湾里你不再飘零孤独谈笑风生
率真的我更率真了
生活琐碎全无清净一片

没有烦恼只有快乐
不感动也激动
高兴笑不高兴哭随心所欲
笑过哭过爱过恨过
你把我爱傻了
傻得除了笑除了臭美啥都无所谓了
我是不是很自私
自私的我好不好
我是不是很傻
傻得好不好
现在的我我的一切
都是你笑的因美的果

爱成空气

口若悬河为何赶不走孤独
开怀大笑为何感觉不到真正的快乐
是心离我而去还是我离心而去
人生是一出戏似梦似幻
情爱是戏中戏梦中梦魂牵梦绕
虚无缥缈在变化无常中
快乐是一时的冲动欲望的出口刺激的结果
不奢望快乐的价值

蹉跎光阴空虚自己每天重复一个自己
无数天重复无数个自己过去的未来的
真正的尊重是不干扰不丢失对方
真正的爱情是不后悔开始不担忧未来
爱成一个彼此喜欢的样子
至爱成空气从可有可无到必需必要
我的空气无处不在我的真爱飘向何方
有你无你一个样是有好还是没有好
不约而同了不期而遇无可奈何了后会无期

飘浮不定飘浮着无欲无求无你无我
漏下曾经的飘浮不定的爱仍在飘浮不定
爱的是身体又不是身体
爱的是大脑是想象是欲罢不能
抓得越紧漏得越多松得越开越满
最长情的告白是自己陪伴自己
只有自己才能真正陪伴自己一生一世
会爱自己才有资格谈爱情
不伤害自己才能不伤害爱
吃香睡香松开放下爱留出美的空间
自己不想要放手尊重自己才道德

不确定交给时间
时间如水是非如泥
确定就是最好的选择
带着最佳状态最好心情拿出真心走进爱
轻松自如如痴如醉欲死欲仙互沐爱河
一合意两红心两个快乐一样心事
一种快乐两个走心全心投入放下自我放下所有
你变成我我变成你天地一体阴阳互补互媚雌雄同株共花
心儿飘得很远远到白头到老
神采飞扬兴高采烈摇曳多姿
沉醉沉到无边无际自然而然出乎意料
爱出能量开出爱花势如破竹势不可当
次次都是我的春天阳光雨露满园烂漫
爱是有能量的巨大的源源不断的
用心真心找对时间找对人

天边的爱

喜欢你喜欢你
飞到天边无牵无挂
最美的风景是你
你的微微浅浅一笑
笑到看不够忆不完
甜到想入非非非想不可

一个简单透明的我
心思写了满满一脸
一无所有的我成就了你
刹那间两心相通
原来你在这里
你的神情除了自信就是动情
对的时间遇到了对的你
你在遥远的一方闻到了我的气息
我在天边的一隅嗅到了你的味道
不约而同飞向对方不约而同相遇互联

不需理由只有自然相吸
适合的人是自己再生的另一半
却很难找到一个能完完全全表达的言行

天边的爱连着你我
紧紧拥抱用尽全身热情
紧紧吸附合二为一
天边飞舞共风雨
天边的云彩是爱走过的足迹
天边的星星是爱的眼神
星星之间有多默契多永恒
我们之间就有多默契多永恒
你星光一片
片片风华熠熠
在一起一天一瞬间有了你没有了时间的流滞
时光飞速来不及感受热烈继续温存
爱太多在一起来不及将满满的爱洒向天边
无边了博大了博爱大爱着

追求不难难的是不懂珍惜不会珍惜
是心的无极贪欲破损珍惜蛊惑了心智
珍惜拥有的眼前的爱在当下
爱将永远美到天边纯净美
只有高贵只有圣洁天水一色
爱你爱你带你去飞
云彩是爱的标志太阳是爱的信念

黑夜深邃了爱黎明曙光了爱
明媚的阳光是爱的种子
渺小的我不渺小了飞奔天边
我的缺点不是缺点是你眼里的可爱心里的情趣
你是我爱的阳光在天边照耀你茁壮我
我是你爱的光辉在天边辉映你力量你
爱出了霞光火热两颗心连在一起
重叠在一起两颗纯粹成一颗无尘无俗
没有分歧没有杂念不分彼此
只有灵犀相通只有无上
天边的爱单一纯净美到天边

两个相爱的人是一只鸟的两只翅膀

幽默的你幽默着我智慧着我
你给了我无穷无尽的快乐
我才知道能如此快乐
快乐原来如此简单
简单的有一个你就有全部
简单的你是我的不简单
情到深处很简单无边无尽
一个微笑灵魂之约魂不守舍
一个想你如痴如醉
心满意足无边无尽着眷恋

你是我的诗共鸣我的灵魂
我是你的天书奥妙你的情智
心潮澎湃着你日思夜想着你
你不知你有多神奇
神奇了我聪颖了我
你理所当然走进了我的生命

诗意盎然了我无比强大了我自信了我
生命中有了你价值了我的生命
生活有意义无意义就在有你无你之间变化
一切变得妙趣横生妙不可言
一切有关无关都美妙绝伦心满又意足
仿佛不曾烦恼不懂烦恼不会烦恼了
为你发狂你小心点
全心全意了没心没肺对你

你说无怨无悔我懂
你说不放手我知道你有多不舍
世间少有我独有何等幸运幸福
你对我没心没肺不遮不掩
喜欢你的没完没了
一个人的世界有你
不懂寂寞的滋味
不解无聊的风情
你的一切都好都有情趣的味道
你笨笨的你面前的我完全是你的
我笨笨的我面前的你不是平常的模样
又一个我喜欢的你
惊喜我新奇我次次新
你依我侬不用耳鬓厮磨
只在真情实意的点点滴滴
不再厮守同样温存心旷神怡
没有山盟海誓同样地久天长

喜欢一个人独处灵魂都是你的
你无处不在知冷知热无微不至
在我的一知一觉中
在我情怀的热拥中
在我年华的花开花落里
在我生命的悲喜离合中
有你有一切生何惧死何怕
生命的绿洲爱的天使
你是光你是热吸引我
狂奔你奔放激情放飞希望
爱生出翅膀左翼是你右翼是我
鸾凤和鸣比翼齐飞不畏风雨风雨同舟

第九篇

相　爱

简单不简单

有你的日子不知不觉飞快
抛开了过去全新你带来的未来
你重复着我我重复着你
形不离影影不单行

一个月后我通知你订婚
回头以你家名义告知父母
我不想邀请其他亲人
心中装着你家的不堪
不忍心妈妈心酸
妈妈后来打趣我
什么都看不起
到头来找了一个什么都没有的家
根本不知什么都没有的难处
根本想不到你的苦衷
对生活的无奈内心无助苦不堪言
我情愿不情愿地煎熬

瘦得黑干黑干的你是我的不舍
担心你忍受不了我的轻率
不易地牢牢抓住你不松手
父亲形式化地与我到你家
与你家人吃了饭
没有祝福没有喜庆
你父亲口头答应了我的条件
我就成了你的未婚妻又有了未婚夫

一同参加朋友婚礼
你是介绍人证婚人
归来的你酩酊大醉
醉翁之意不在酒
借酒消愁愁更愁
撇下我不管倒头大睡大哭大闹
一脚踹碎窗玻璃
又一次在我面前面目全非
我笑不出来了不知所措
不想要你了
怎么能离开你
醉酒的你很可怕
面对酒醒的你忘了酒醉的你
我们各怀心事
你为何不向我敞开心扉
为何不抱着我倾吐苦水
倒一点能少一点苦

难道你担心弱不禁风的我被你吹散
在爱情面前我比你想象的坚强

奇怪你有激情为何不热情不苟言笑
温温和和的你为何对我不温柔一点
分明能感受到你的挚爱
为何我们到一起相对无语
甚至都不愿强颜欢笑一下
我们不是不相爱为何如此凄苦
我们不愿相互折磨却高兴不起来
实实在在相互折磨
我是你的不堪
自尊成了我们的负担
重重压在我们头上
穷困左右着自尊
多少明白一点你面对我时的苦楚
难怪看不到你发自内心的欢颜
认为你是温顺任我摆布的小可爱
有着从未有过的感觉全新舒服之感
你是我与生俱来的亲切
理所当然的自然割舍不了的疼惜
不希求物质只符合内心需求
真实而妥帖现实生活中
我混乱你烦躁

不能放弃

求你以后别要我
你点头答应又出尔反尔
我生气又生气
想要正常生活
阴霾下忧心忡忡
你可怜楚楚一见我就忍不住难受
不忍心看你难受
要把你解救出来
你没有我想象的那种快乐与满足
匆促不温馨
不明白你为什么要我不想要的
恢复平和表面平静内心挣扎
不知该怎么办

看不到你胡乱猜度
见到你释然
带我走进不堪

重复着不协调
我躲闪你同样苦恼
又无事可做依偎依偎
相信你却又一次背叛了自己的心
你消瘦着茫然着
我们两个担负着爱的负担
有气无力毫无生机
没有一点热恋的热情
我消瘦着脸枯黄着
心事重重不见你已不习惯
见了又愁眉不展

名不太正言又不顺
害怕异样的窥探害怕闲言碎语
没有婚礼不得不离开
你从不勉强匆匆送我回家
心里装着无名愁绪
何日是尽头为什么
我如此不正常如此纠结
如此不同于眼前的成双入对
为什么不能甜甜蜜蜜相拥
没心没事亲昵情意绵绵相恋
你不是我的包袱为什么压得我喘不过气来
我不是你的勉强
为什么你一次比一次愁眉不展

有了你我就有了实实在在的惆怅
有了我你就负荷累累
如此不易无比艰难心酸
我们一起努力扛着
短短长长一年
我与你纯属相濡以沫绝对相依为命
我自己的独立人格已不存在
你的人生价值是我真正的价值所在
价值二字对我们太奢侈
内心深处付出的代价
比真正价值所需的代价深刻
我宁愿为你沉重
你是幸运的你比我更需慰藉
一旦选择你绝不放弃
除非我一无是处
除非你对我毫不在乎
除非你我无所谓
你有负担但我不是你的负担

浪漫是白开水

不要说自己不喜欢浪漫
浪漫是人的天性
无须刻意雕琢哗众取宠
轻松浪漫自如直接浪漫愉悦
浪漫不神秘
相爱的两个人很容易浪漫
什么也不做空气中弥漫着浪漫
相爱离不开浪漫
生活中的平凡不能忽视浪漫
爱在不经意间很容易神圣成浪漫
两心相悦温馨着浪漫
掏心掏肺放开浪漫
冲动为浪漫加油冲动被浪漫成感动

厨房里相拥优雅浪漫
浪漫浸透彼此爱传递浪漫
歪头垂眸努小嘴大嘴亲小嘴继续浪漫

浪漫不特别真情自然流露
浪漫是一种惊喜一个鼓励一种好心情
爱的本真浪漫是情投意合
中意期待浪漫我深深体悟
大冬天相拥在寒风白雪中傲骨严寒
是奢侈的浪漫奢侈着爱情
爱不可能缺少浪漫
心花怒放铭刻着浪漫
浪漫是爱的脚步走过无穷无尽
爱意浓浓浪漫无妨
谁能推开怀中的依恋
谁能抗拒双眸的爱怜
睡梦轻吻每天重复浪漫
每天重复每天浪漫
浪漫不用特意是灵犀相拥
无须轰轰烈烈两个人的纯粹共鸣
是两个人赤裸裸的爱
心泉温温暖暖细水长流瞬间感动

不要等待浪漫
请你自己浪漫自己多创造浪漫
委婉撒气浪漫风度
接纳批评浪漫善意
浪漫很艺术很有魅力
浪漫是一种和谐一种博爱
浪漫是男人的风度女人的翩翩

男人想有风度离不开女人的浪漫
浪漫感染对方情趣人生
浪漫遇上尴尬不妨把浪漫直白化
千万不要冰冻浪漫
浪漫是荒漠中的水能鲜活生命
激荡你的情涛
你的浪漫由你而控
白开水最长久最健康
你的浪漫是你的白开水每天的必需
为浪漫充电加油
浪漫者自信乐观受欢迎
发扬你的豁达浪漫起来吧
少了浪漫就少了情趣
爱情少不了情也少不了趣
浪漫能为自己创造机遇
收获一个意外惊喜一个希望
面对浪漫的你友好不期而遇
浪漫是一种智慧很超脱
一种意义一种能力很勇敢
浪漫使你青春长驻

我的爱人

你的白发在我的岁月里一天比一天多
你操的心没有一天比一天少
你的皱纹在我的年轮中一天比一天多
你的辛苦没有一天比一天少
点点滴滴承载着爱的力量
你不在我眼前我心不在焉无常失意
你的出现瞬间无名状心安笑灿烂
看不清你模模糊糊喜出望外
你新奇神奇尽管每天厮守
自然而然地短暂分开
都是我的不舍不习惯不自在

因你恋家喜欢一个人在家
呼吸着你为我留下的每一种味道心醉神迷
安安静静乐乐呵呵念你等你
开门声是我的心跳
埋头窃笑用不着看你

你看着我笑匆匆躲藏
找到我拍我头轻轻柔柔地
扑在你怀里听你为我狂喜狂舞的心跳声
一开门就想看到我不喜欢我擅离你的领地
否则不习惯不安心不高兴
害怕我迷路担心我过马路
我是你长不大的不放心
过分的担忧絮絮叨叨不耐烦发火
你无声无息了情绪没反应无声胜有声
下次不耐烦的担忧继续不耐烦
爱是习惯是不知不觉

所有的心思向我倾吐不吐不快
没完没了有的没的高兴的烦恼的
好听的不好听的能说的不能说的都说
惊奇你的大胆无忌完全释放
惊得我哑口无言不辨真伪有即是无
你的全部完完全全展现给我
胡思乱想无理取闹的机会没了
满心欢喜尽情享受信任特权
我是你的镜子也成了你的垃圾桶
有时默默忍受充耳不闻你只是说说而已
你在我面前自由自在任性随意可爱自然
没有一丝一毫做作刻意装腔作势
普通平凡的你给了我洒脱不凡
朴实无华着我的朴实无华

平凡着生活的平凡快乐着简单的快乐

你的鼾声是我最大欣慰
没有你的鼾声我心神不宁
你是我长不大的孩子
喝水吃好睡好别无所求
不求你大富大贵只求你安好每一天
偎着你数着你的白发数着我们的幸福
不能飞却有一种飞的感觉幸福的感觉
幸福原来是轻飘飘的

你没有一句甜言蜜语是不好意思吗
只有实实在在真真诚诚牵牵挂挂
你没有优越的条件
我从不担忧生活的不足
有你便有一切
我没有花容月貌
你从不对我品头论足
我在你的生活里
无忧无虑傻里傻气自由自在无法无天
合拍合意尽在不言中自然而然中
习惯着彼此的习惯在乎着彼此的在乎
身体不佳的你起早贪黑辛辛苦苦养我
风不吹我日不晒我
为我挡的是真风真雨
最爱睡到自然醒懒床赖床

早点放在我床头拍拍我的头
我的头就是被你拍傻的
傻乎乎开启我们幸福的一天
睡醒的我习惯想想
怎样呼唤你的好怎样对你好
才能永久我们的好

你笑我笑你笑不起来我也要笑
笑能美容睡能美容自己美自己
美美地睡美美地妆美美地吃
梦乡里无关是非曲直只有天使般的笑靥
笑容里满满写着幸福
牵了手不放手一直走下去无论如何
在一起的每一天飞快地日出日落
日日如此
如此日复一日
美好的情愫一天一天吐蕊
努力发芽生长美好
爱人之间
蓝天一样明媚大海一样无尽

你的心情就是我的心情

认识了你放不下
忧郁的神情永驻我心
没有一句甜言蜜语海誓山盟
我认出了你
相认再不分离
不再飘零孤寂
从此相依为命
无论出现多少离开你的理由
任由泪水流了再流
放不下你放下了自己
不放心无数的不放心牵挂着你
有了你几乎没有了自己的心情
心情完全为你起起落落

你的心情就是我的心情
你欢歌笑语我欣喜若狂
你一筹莫展我心如刀绞

不知不觉在我面前默默流泪委屈成小孩
轻轻抱着你重复一句话我不走我在
多大的委屈在你面前不哭不闹
一转身泪奔
无数次你没有发现我没有失望
不能让你看到我流泪的样子
有你我有底气
没有你我将失去所有
你是我余生的赌注
一转身泪流满面无声无息
你是我的泪水要多少有多少要多痛有多痛
你是我永远的不舍疼惜
我是你每时每刻的守护

是我爱得无度
放纵了你的无度
你无缘无故生气
是任性是撒娇的另类
是我做得不好
可是我已不知所措了
只要你高兴我才能高兴自信满满
无奈无措我愁云满面
你一如既往平静了
平静的无声无息没有了感觉
好像什么不愉快都没有发生
你笨笨体谅慢慢宽容

我动你静我静你动
我忍你让你忍我让
在不沟通中沟通了

默默契契日子继续
奇怪中慢慢习惯
习惯中慢慢释怀
因你心情忧忧郁郁
没有你的世界
六神无主飘飘忽忽
急乎乎飘向你
偷偷窥视一笑
会心傻傻两个笑
另一个世外桃源
实实在在满心欢喜了
爱恨匆匆情怨朦胧
醉在不经意的一瞥一念一笑
爱得笨笨暖暖
傻傻不放手
爱得痴痴无怨无悔
爱得苦苦不离不弃

真爱

真爱不是一味地激情一味地冲动
真爱不浮夸不浮躁
真爱实实在在舒舒服服
不用刻意猎奇
总有一天忽然而然飘然而至
自然而然与生共生与情共存
感觉到有多重要
有了再不能没有
一牵手不松手余生的一辈子

三毛的荷西走了
带走了三毛的灵魂
三毛紧追不舍
怎么也追不到
三毛追到了他身边随他去了
心安了爱更真了
纯纯执着

生在一起死在一起
缺失的生命怎能独活
一个人的世界已没有了世界
一个人的快乐不会快乐
有你生命才能继续
有你生活才能有意义
哪怕看着你不言不语也是满心欢喜真心幸福

钱老走了
带着对爱妻深深的眷恋去了
杨老静静地孤独一个人
延续着爱人的生命
传颂着爱尊敬着爱
每时每刻感受着爱人
爱人仿佛不曾离去彼此守候
真爱不会随生命的消逝而消逝
真正爱一个人真正被爱是不会停止的
即使两个生命都停止了呼吸
两个灵魂也要相依相融

对方的一切就是自己的一切
对方比自己重要得多
不继续停止爱不可能
两颗心在一起合适得不能再合适了
两份浓情一起温存得不能再温柔了
两个人在一起舒服得不能再舒服了

我们是没有遇到那个合适的
不是我们的爱不真爱不深
没有那种合心的默契只有无奈
找到了拥有了岂能放弃逃离

真爱一切为你好
你是我一切的一切
你不是我的生命恰似我的生命
你是我的与生俱来
我是你的必需必然
真爱高贵着灵魂尊敬着生命

爱的永恒

情深苦短爱短暂艳丽
深情款款敲响永恒的大门
忘乎所以在所不惜牺牲自己
牺牲久了降低自己贬低爱厌倦爱
努力不讨好倾斜爱的平衡
牺牲有代价要恰到好处
条件一般般的婚姻无所谓牺牲无所谓代价
一天天永久一天天永恒了
永恒即现状
主题不易变改变了也感恩改变
现状即未来
未来就是一直这样
简单着永恒
永恒即一起过日子细水长流
不紧不慢不悲不喜不怨不恨
风轻云淡每一个日出日落
美在艺术氛围中夕阳红中

爱越有能力越多元化
越追求完美越渴望被理解越背离永恒
能力和个性是不容易妥协的
美窒息了崩溃了寻求出路出来透透气
向新鲜向阳光衍生重生新生
爱就爱了一瞬间的心动爱了
开始完全是一个人的事
两个灵魂一起感应一起白头
人生的一种成功是从一而终

说你想说做你想做乐你想乐
合拍合意欣赏理解相看两不厌
没有时间的侵蚀
你的一个憨态可能是可爱有趣
在错的人眼里是幼稚做作
时间会一步步磨合不完美的默契
也会一点一点拉开不和谐的距离
嫁给爱情婚姻将长久

如果爱请深爱将心比心无微不至
懂互赏同悲喜共担当
四目相对不约而同不由自主开怀大笑
美酒佳人脉脉月色夜夜笙歌
深爱着神采飞扬的神仙小日子
对生命不负责任的傻瓜才不懂深爱不会深爱

高贵的灵魂必有高贵的深爱
烙印在灵魂深处抹不去越抹越深厚
深爱有痕丰富着内涵着
一往情深深深挂念
念念不忘无法取替
仿佛被掏空宁愿被掏空
深爱只能一个人
爱一个人爱得深沉
爱得有始有终无怨无悔
美得永恒美妙妙不可言